王安忆 著

丰饶与贫瘠

上海人民出版社

目录

知识的批评 1

——从蒋韵说起

青春的歌唱 16

复兴时期的爱情 20

南音谱北调 28

边地的忠诚 34

——读《寻枪》

自觉与不自觉间 39

精诚石开 44

丰饶与贫瘠 53

——《知青回眸引龙河》序

走马看花 61

同学伊拉爷 64

纤纤女儿心 68

我看孙小琪 73

侠落平川 77

刻舟求剑人……81
——朱天心小说印象
解密……86
归去来……92
香港的说梦人……100
香港人……102
地母的精神……107
七月在野，八月在宇……115
虚构中的历史……150

遥想手工业时代……159
日常传奇……167
故事篓子……171
乔伊斯的脸……175
事实和诠释……179
“那个人就是我”……186
隔断与打通……195
低地的命运……200
阅读笔记……203

类型的美……223
短篇小说的物理……229
麻将与跳舞……236

知识的批评

——从蒋韵说起

在蒋韵的写作中，我特别注意知识批评的主题。上世纪 80 年代的末两年，这一主题的写作，日渐完美。发表于 1988 年第 6 期《上海文学》上的中篇小说《盆地》，使蒋韵走入这一批评的深处，表现了当代知识青年的悲剧面貌。

《盆地》写了一对小工厂里的师徒。师傅是农民出身的工人，一个黑脸、壮实的男人，却极不适宜地带着伤感的情调，崇尚文化和知识。在简单与粗鲁的劳动者中间，他显得相当孤立，却被他的徒弟，一个女中学毕业生吸引。他的女徒弟有着一副知识的面孔：干瘦、孱弱，可是骄傲。她的名字也是知识化的，叫做："菩"。她操着京腔，说着书面语言，词特别多，思想也特别多，常令她的师傅瞠目结舌。他以包办干活的条件，让徒弟教他识谱唱歌，收集成语和形容词。这使他们这对师徒看起来颇不正常，引起闲话。这个小厂很有人情味，工人们彼此间就像亲戚，这就使他们很具排斥性，并且敏感什么是与他们同类，什么则不是。倘若从表面看，那个老袁更具有异己的性质，他长身白面，风度潇洒，精通许多闲情玩意儿。人们也承认，他是个异类，可以做些出格的事。然而事实上，老袁却和人们很亲和，甚至于，还有着群众首领的意味。后来，就是这个老袁，将“菩”拉进大众队伍，留下师傅一个人，特立独行。师傅他，执着，孤独，以致盲目地追求知识化的精神。似乎是，知道自己无望了，就将他乡下的小闺女带出来，逼着她学习古雅的琵琶，力图培养她成为“菩”那样的女人。此时，“菩”和老袁则纠缠在厂里一桩桃色事件中，尽管他们以伤感的方式，把彼此的尴尬处境装点得温文尔雅，但内里却依然是庸俗和无聊的事实。拥有知识教养的菩，最终落入了精神的盆地。“盆地”两个字，蒋韵的文末定义这个封闭、落后的内陆城市：“这个城市是盆地。”就这样，“菩”们的知识显露出苍白、孱弱、虚伪、浅薄的素质，它挡不住俗世的进逼，无力坚守精神的高洁。倒是师傅，虽然还不知道知识是个什么东西，却从平民粗粝、坚硬、实际的性格中，提升了精神。师傅对菩的一句评语十分精到：“你这个人，不能吃苦，却最能受罪。”这可说是一整个师傅的阶层对“菩”们的批判。吃苦，是指身体上的承受。受罪，却含有精神上的压缩。“菩”们的小资产阶级式的、不彻底的知识，命运往往如此：向现实妥协，因而屈抑自己的精神。它们其实缺乏信念。这种知识的外部表现总是多幻想，自命不凡，对现实不满，以及多愁善感，它们大多来自于文学作品。文学作品，是这一时期里青年们的知识与精神的主要养料。由于它的虚拟性，便造成这种知识先天的缺陷：空想。《盆地》演绎了“菩”们的悲剧，而在蒋韵下一部小说《找事儿》里，这种批评，却是以欢乐颂为结局的。

《找事儿》发表在《山西文学》1988 年第 9 期上，写的是“文化大革命”的时代，一个中学毕业生琪，为自己谋职业的故事。琪——她也有着“菩”们那样的名字，乱世中混得的中等教育，感伤主义的青春期幻想，再加一些断章取义的人生哲理，最典型的有如普希金的译诗：“假如生活欺骗了你”。相比较下，略微实用的是她在学校宣传队里学来的土芭蕾，这是全民推广样板戏的成果，这成了琪谋职业的一点资本。可是，这点资本也被现实无情地削弱了，那就是琪长得不好看，又因为清高，不屑于也不懂得如何媚人，这就使人们不容易注意到她。她生性敏感，半生不熟的知识又添加给她成见，使她矫情。这样，本来还算正常的压力，在她就格外成了折磨，求职的经过于是充满了屈辱。在考官们敷衍的目光下，跳着那些野路子的舞蹈，她就在心里骂自己“下贱”。好朋友修冬妮为了琪没被录取，自己也放弃机会，她则大闹情绪：“我用不着你来嘲笑我，可怜我！”修冬妮实在的友情在她是受伤，而市话剧团那个漂亮男演员轻浮的安慰：“小孩儿。祝你交好运”，却让她大受感动。修冬妮显然要比琪清醒，她一针见血地说：“市话剧团没一个好东西。”她也坚强，要不是她拉着琪，琪早就颓败下来了。在这场求职的战斗中，琪是那么无用。她的性格是无用的，她的知识是无用的，此外，她还有个同样无用的母亲。

琪的母亲是一个没落的人物。她睡的破棕绷床，穿的磨成光板的狐皮大衣，旧的细瓷器皿，补花桌布，以及她的神经质和抑郁性格，表明她很不幸地从较为上流的阶层坠落了下来。原因显然是她的丈夫，琪的父亲，政治上的失足。他使她们一大一小蒙受灾难。在琪求职的过程中，她们陷入哈姆雷特式的处境：要职业，还是要亲人？这对脆弱的母女互相促进着，将这处境的矛盾推到极端尖锐的地步。母亲如同最后通牒似地问女儿："我听你的，你要不要我和你爸爸离婚？"将这样重大的难题卸给一个十六岁的孩子，要她不仅为自己，还为大人负责任。琪呢？就有理由将生活的压力，全归罪于母亲。母亲为她求告，拉关系，备宴请客，全成为她不幸的原因。她们还没做什么呢，只是一味地纠缠咎由谁取，把彼此的情绪都糟蹋了。琪的家中，就是这样，充满着知识的痛苦。而家境更为倒霉的修冬妮，并不去追究命运，只是加紧行动，还可以略微顾及一点琪。修冬妮在一切地方，都与琪形成对照。琪的母亲准备的那一餐罐头食品的宴席，可说象征了"琪"们的知识：隔宿的，冰冷的，生气寥然，千篇一律，败坏着生活的胃口。

当然，知识在某种时候，也给了琪自信。比如，遇到了蓬莱。蓬莱欣赏她，对她说："小校友，你知道你什么地方打动了我？你永远不会知道。"其实并不难了解。琪和蓬莱有着共同的知识的背景，比如"蓬莱"这来自诗词的名字，比如，她俩都喜爱莱蒙托夫的诗。但是，蓬莱没帮上琪，这一个特定的背景，被更大面积的生活覆盖了，它起不了作用。蓬莱自己也并不单靠这些，从形象上看，她就要比琪强悍粗犷。

最终，琪顶了别人的名字，在一家窑厂做了合同工，她从此被叫作了"王玉仙"。这是个村俗的名字，它带领琪走进了村俗的世界，事情就在这里得到了转变。这是琪的新世界：粗鲁，但是健康；简单，但是明朗。这里的姑娘，都有着“男人般强壮的腰板及结实肥硕的屁股”，他们从劳动中汲取生活的快乐。看上去似乎是避世的，其实却是压在社会最底层，因此，与政治、文化、权利，都没了关系。这初级但是平衡协调的人性，对于琪的残缺的知识，起了教育的作用。它将琪带出了那段阴郁的日子，走入光明。人们亲昵地称她“仙仙”，这一笔实在太好。“仙仙”是从“王玉仙”这村俗的姓名里脱颖而出，带着一股质朴、豁朗的娇憨，虽然与干巴巴的“琪”很不相符，可“琪”不是正在接近它吗？她丰满了，粗壮了，屁股大了，说一口本地话，学会了劳动和休息。而那个被她刻在无数砖坯上的旧名字“琪”，散落在了各处。这带着土崩瓦解的意思，可又带了物质不灭的意思。因此我们就不能简单地看待知识的琪对世俗生活的屈服，这里潜伏着一些嬗变的信息。

1989 年第 5 期《上海文学》上蒋韵的《冥灯》中，质朴的生活继续给予知识青年们教育。这里，知识女性范西林的形象比较抽象，她是以参加某个隆重会议而被确定社会阶层所属。后来，那个监法场的老某说：“搞艺术的嘛，啥都该体验体验嘛。”也略进一步说明了身份。而她的沉思默想，真正证明了她知识性质的内心。在此，蒋韵笔下的知识青年，走出了生存以及精神归宿上的困境，他们放下了个人自身的情结，进入了略为抽象、宏观，也更具有知识的标志性的玄思：生与死。这是从天地自然的茫然开始的。黄河的苍茫景色唤起范西林积存于心的，关于永恒的疑惑。然后，死亡的问题来临了，是由一个传说中的十八岁乡里女子提到范西林面前的。这个女子，因通奸谋杀亲夫，判处死刑。行刑前，女子哭了一夜，哭到早晨，不哭了，梳洗整齐上了刑场。她说："我想通了。"范西林就想，女子究竟想通了什么？接下来，范西林又目睹了一场行刑。面对着恐怖、惨烈的死亡场面，范西林再次想起那坦然接受死亡的十八岁女子，"她想通了什么？"最后，范西林在一出二人转的旧戏《捏软糕》里约略领悟了，她想通的是什么。戏中一男一女唱着："二妹妹你把那，你把那米来淘呀，三哥哥我给你，捏呀么捏软糕呀！"文中写道："非常的小康，叫人觉得，活着是那样单纯，那样有滋有味，那样地久天长。但是那曲调，却是高亢，悲壮，悲凉到无可奈何的地步……"于是，我们这才会注意到，前边，当范西林看到黄河的苍然时，还看见了另一些生活的情景：河对岸洗衣的女孩，茅屋门上的对联"生意兴隆通四海，财源茂盛达三江"，小店里的油炸臭豆腐，流行歌手迟志强的歌，甚至，狭巷里的柴米人家，正在打一口棺材——死亡，变得如此家常。最后，范西林观看了当地的古俗，鬼节放河灯，"人们吵吵嚷嚷，红红火火，却又极庄重地做着这桩事情"。生死两界，终在俗世生活中和谐为了一体。苍茫的永恒，化为具体琐碎的日复一日。

这是一篇散文化的小说，因它要负责解决形而上的难题，又过于迫切，便不得不放弃使用象形的材料：故事、情节、人物，来布置全局。而是以同样形而上的方式，攫出象形性的细节，处理为象征的元素。但由于始终没有中断玄思的过程，坚持逻辑推理，最后得到思想的果实，所以它依然保持了叙事的性质，不失为一篇较好的小说。

到此，蒋韵对知识的批评都是以教育的方式，教育者均来自世俗的社会。《盆地》里，是师傅，一个平民精英；《找事儿》，是一群快乐的初民；《冥灯》呢？则是民间的日常生活，他们帮助“菩”、“琪”、“范西林”们去除知识的文饰，了解生活和人生的质朴面貌。就这样，到了90年代。

大约是在90年代以后，教育者隐退了，蒋韵的小知识分子，终局几乎统是被放弃拯救。1990年《上海文学》第11期上，蒋韵发表了《落日情节》。郗童没有遵守母亲的嘱咐，将哥哥放出去参加红卫兵械斗，结果哥哥在械斗中死了，从此，郗童就背上了赎罪的十字架。郗童的母亲和“琪”的母亲很像，一样的偏执，抱住失去的东西不放，不愿看见转机。对女儿也一样的苛刻，要她承担命运的全部责任。郗童呢，就像“琪”的姐妹，过度夸张母亲的压迫和自责，她的知识情调又很适用于赎罪的概念，于是，便将自己逼上了绝路，而她却不像“琪”能够接受帮助，最后走入光明。她比“琪”固执得多，有几次救赎的机会，都被她拒绝了。第一次是和高中同学江培文的朦胧初恋，夭折在母亲的冷眼中。第二次，看到了曙光，又泯灭了。她和同厂的知识青年老乔，共同考上了大学，眼看就要走出这个不堪面对的城市，母亲又病了，郗童很自觉地离开老乔，留在母亲身边，继续赎罪。第三次，已是带有苟且的意思了。她经人介绍，与老秦结婚，母亲的病再次将她拉出婚姻生活。

没有教育者出现。老乔在做拯救她的工作，他爱和赏识她，也了解她，仅此而已，没有被赋予批判的内容，结果是不成功。还有一个是作为郗童的对照出现，因为蒋韵专为她辟出一条叙述的路线，所以我们有理由重视她的到场。桑林，她似乎只是以她的幸运来对照郗童的不幸：没有历史的阴影，被家人宠爱，心想事成，快乐单纯，也不够格担任郗童的教育。这里没有一个，像《盆地》里的师傅那样，能够批判“菩”们，所以，“菩”们还有希望，而郗童，没有出路。然而，其实呢，事情有没有这样严重？纵观所有的情节，似乎并不具有特别强大的理由，要把郗童限制在不得救赎的囹圄之中，事情更像是一种自虐。于是，我们只能承认有一个莫大的命运的深渊，它大到吞没了所有的可能性。似乎是，马尔克斯《百年孤独》开首第一句：“许多年以后，奥雷连诺·布恩迪亚上校面对着行刑队时，准会记起他爹带他去看冰块的那个多年前的下午。”从此，命运的因素就进入我们的小说。而我们又往往忽略命运构成所需要的种种条件，仅只攫取了它的既定的性质，使它成为一个最高理由，它覆盖了其他所有的解释。在这一个强大的理由之下，任何抵抗似乎都妥协了，人物直落终局。于是，不再需要去缜密地组织发展的环节，也不需要制定发展的更高度，一切都已被那个神秘的霸权规定好了。多少的，我们的思想和想象力在此掩护下渐渐软弱了下来。

再来看蒋韵发表于1991年第6期《当代》上的小说《裸燕麦》。这一部小说的发展环节比《落日情节》要丰富和紧密，人物和情节就略为复杂，叙述又更使它复杂化了。故事是关于一个名叫林琦的女知识青年，也是经过那种不完全知识的教化，将莜麦俄国文学化地称作“燕麦”。在插队落户的时期里，结交了名叫彭高的男友。彭高也是那类知识化青年，将普希金的“假如生活欺骗了你”当作座右铭，但在他浪漫的外表下，却有着一颗现实的心，他与林琦的母亲初次见面，就是通知她“大楼卖美加净牙膏”，所以，也就很容易解释他到北京就学后另有新欢。林琦的浪漫情怀受此打击之后，并没有泯灭，很快就又遭到一次。在一个巴洛克文学研讨会上，她邂逅了陈通。她寄希望这是一次柏拉图式的感情，或者是走过足够的精神历程，再进入实质性阶段。可事与愿违，陈通是个唯物主义者，他快速切入性的主题，一旦得不到响应立即撒手而去。屡遭失败的林琦后来和年长许多的外国人科尔结了婚，这就像是一个赌气，她母亲送李白诗《渡荆门送别》给新人，林琦讥诮了母亲一番。可这婚姻也有一点安慰的性质，科尔家在浪漫主义发源地，欧洲，莱茵河边的杜依斯堡，一条旧街上，一座红砖和粗毛石砌成的建筑。然而，在这个经典浪漫剧的舞台上，现实又一次教训了林琦。她按中国偏方，为科尔泡制的一瓶壮阳酒，作为谋杀丈夫的嫌疑受到控告。其实这是相当滑稽的一幕，倘若林琦有些幽默感，就可看作诙谐剧，那就依然不离浪漫剧的大题。可是感伤主义的林琦却极其严肃地看待这一幕，于是，事情就惨了。她悲戚地来到莱茵河边的酒吧，遇到一伙中国学生，参加了他们的聚会，应大家邀请，唱了首当年插队地方的民谣。这支质朴风趣的民谣在此情此景中，变成了理想诗篇。不料，一个德国人却搅乱了他们的欢宴，指出这不是他们的家，他们应该回自己家去唱歌。于是，幻觉又一次被现实击碎。

林琦的故事是由林琦的妹妹来进行叙述的，叙述者在一个有着哥特式建筑的校园里执教，“哥特式”是她用以命名所有西洋式建筑的名词。她还写小说，她说明她所以写小说，是想把平庸的生活改造成庄严美丽的仪式。所以，彭高从林琦的精神历程中撤出以后，就进了她的小说，比如，那个名叫“安生”的就是。但是这一回，她却变得比较忠于现实，她一边制造着庄严美丽的仪式，一边又揭露出它们的真象。她臆想姐姐和科尔坐在一间优雅的餐室里，蜡烛，玫瑰，侍者，半生的牛排，开胃酒，比萨饼。总之，她能想象的西方资产阶级生活细节全都当作浪漫剧的道具，一一摆上。但，她很快就揭穿了：牛排和比萨饼不应该同时出现在一家餐馆。结尾时，那一群聚会的中国人中间，有一个作家，那一晚与姐姐在雨夜里散步。紧接着她再揭露，那晚，姐姐和科尔同床而眠。她还假设条件，逼使姐姐走到真实里来。比如邂逅陈通那一段，是为了让林琦去德国的理由更充分些。比如研究壮阳酒的格拉斯老头，和积极推林琦上法庭的阿格莉丝姑妈，有了这两个人，林琦的壮阳酒才会出问题，于是，整个事件就都变得不可靠了。但是，叙述者一直在说服我们，虽然这是杜撰，却合乎事情的规律，她大大提早人物上场的时间，证明他们早就开始准备进入林琦的故事，因而林琦的命运是早就决定了的。她很负责地揭去姐姐的浪漫主义的伪饰，展示了现实强大的力量。可她这个叙述者，其实和她叙述的对象很相像呢！同是残缺文化的背景，空想的特性，最终也看不到进步的可能。我们期望她在叙述中，能渐渐与林琦分离，达到教育的高度。可是没有，她认识到的，同样也是林琦可能感受到的，没有令人欣喜的希望出现。在她晃人眼目的虚实掺半的叙述之下，我们看到的其实还是一个事实——一个知识女性被现实击败的故事，她的虚幻的浪漫精神既没有像在《盆地》里那样，受到批判；也没有像《找事儿》的琪，在光明的映照下，呈现出虚弱的阴影。她只是一径输了下去，输给了现实。

这样的叙事者与叙事分离，也是90年代常见的方式，它在某种方面，其实损害了叙事的性能。它削弱了叙事的严格性，叙事者的主观身份，影响了小说在假定中的真实存在。主观的臆测轻率地替代了情节进行的逻辑，同时，也损失了情节根据逻辑进行时，可生发出的意外的生动和丰富，这些全被滔滔不绝的自述取代了。它无度地自我扩张，以此掩盖故事本身的平淡。它放弃叙事的责任，因而方便了叙事，它其实也是对创造者不加紧想象的一种纵容。90年代确实是一个生产工具的年代，它生产出了种种工具，可是，工具多又怎么样？故事是需要想象力滋养成长的，就像庄稼需要地力。工具的利刃就像割青苗一样割去故事的萌芽，破坏了生态，使得资源枯竭。

还接着说蒋韵90年代的小说，《古典情节》发表在1991年第12期《山西文学》上。这也是多头进行的叙述方式。并且，叙述者的身份也孤立性地突出，与故事没有情节上的关系，只是以叙事者的看法来规定故事的意义。这又是90年代里特别强调的，叙述本身的含义，即叙述就是故事。90年代在我们是一个恶补的时代，西方现代主义课目的匆匆登场，在此时达到高潮。也是需要使然。80年代这个写作的大年，积压着的想象与创造，带着一股冲力喷薄而出，难免缺乏节度，消耗了故事的资源。于是，这些现代主义就来救急了，它带来种种认识和表现的新方法，供作小说的工具，立刻投入实践。就像方才说的，它破坏了生态，使得资源陷入更加危急的状态。所以，在此就有必要分析《古典情节》的叙述方式。

《古典情节》同时开展有几个故事：赵和肖虹，崔胜和夏平，李东和肖虹，夏平和李东。这些故事基本是循着这么一条路线：从浪漫主义发端，最后破灭。赵是一个混血儿，意大利与中国，东西方两个古老种族的后代。他在“一个春天的黄昏”走进中国城一个叫作“梅花楼”的餐馆，邂逅了丧魂落魄的肖虹。肖虹的凄楚处境正合乎赵的情怀，当他解决了肖虹的困境，肖虹则离开了他，因她不愿意滞留在赵的古典情节里继续充任角色。崔胜家住古老的街道“点膳所”，虽然不是世家，但母亲来自源远流长的氏族，父亲亦是旧式文化的人物。崔胜因此有了一种神秘的遗传，与一把二胡前世有缘。他与夏平是小学同学，分别多年偶然相遇，成了夫妻，这多少带有一点奇迹的色彩。婚姻的现实气味影响了崔胜的神秘遗传，他顿时成了一个平庸的人，人生变得索然无味，于是夫妻分手。李东和肖虹的故事比较简单，小说开始时，他们已经离婚。肖虹回想李东，“觉得他只是一个朦胧的水汽氤氲的东西”，以此来看，他们的关系也是空想性质的，注定是要结束。这些故事是由夏平和李东的故事串联起来，夏平和李东的故事因是主要的线索，情节就要丰富一些。李东辅导夏平论文，原本是想吊一个妞聊解寂寥，没料到夏平全然不是个“妞”样的女人，这样出他意外，使他对事态的发展抱了一种期望。夏平是个什么样的人呢？这是个有意味的人物。可惜她被这些精心布置的叙事网络罩住了，也被神秘的宿命论限制住了，她的行为就变得简单、平淡或者突兀，但从一些相当含混的描述里，透露出她所具有的发展的潜能。比如：“脸上写满陈年的往事”，比如，二米说：“一个三十五岁的女人这样惊天动地的闹恋爱，想起来就要人恶心”，比较精彩的是夏平母亲的评语：“笨手笨脚地活在世上，笨手笨脚地闹恋爱”，对着她小时候的照片，母亲说：“她的神经质和那一股小家子气还有她的愚蠢损害了她的容貌。”这里隐藏着可能性，可是它们被潦草地利用了。

李东和夏平，两个有阅历的，不再年轻，做梦也做不好了的成年人，按照他们自己的设计，演出了一段“古典情节”。在这情节的枝节上却出了一点小纰漏，邻家女人的目光，揭示了平俗，甚至鄙陋的真相。李东的反应是尽快逃脱，他不惜诋毁夏平，打破夏平的幻觉。结果是夏平割腕自杀。在此同时，赵离开肖虹，独自上了高速公路，葬身车祸。似乎是要说明，所有的“古典情节”都脆弱得很，一碰就碎。那个前世遗人崔胜不也是不能有凡俗的日常生活，靠一把家传的二胡维系着人生？

小说中还有一个先知式的人物，夏平的母亲。她整天玩着一副牌，故事的真相似乎就埋在牌里。她几次让夏平猜牌，总归是一个“白板”，直至夏平赴死这一刻，才有了意外。是不是暗示夏平与李东在此之前还是“万变不离其宗”，就和那个邻家女人的看法一样，而到了夏平死，才扭转了故事性质，一个俗常情事变成“古典情节”？可是，事实上——叙述者“我”出来说明，夏平并没有死，“她身上插着的那些标志现代文明的各种管子把她从一个古典悲剧中驱赶出来”，死去的夏平只是“我”的叙述的结局，因“我”想写一个古典情节的小说。

于是，所有的讲述都被推翻，行话叫作“颠覆”，也叫“解构”。有了这一着“颠覆”和“解构”的棋，有意无意地，就可能放弃，在假定之下经营真实生活的严密、通顺、趣味和多样。因此，这里，在情节线索的铺张底下，其实是散漫、平淡和单调的叙述。这些繁多的线索，几乎都是用来互相证明。而真正有发展潜力的夏平，却被限定了可能性，她只得屈从于事先规定的一种功能：古典主义的覆灭。并且因有了事前的规定，这一个覆灭的过程也相当直接，可说是直赴结局。没有出现一点偶然的因素，可能扭转局面，柳暗花明又一村。教育者依然没有出场。

此时，蒋韵的小说多是以这样复杂的叙事来表现，可是遗憾的是，我们并没有看到相应的丰富性，相反，人物和故事均变得简单、抽象，了无生趣。结局则是软弱的。这个时期里，蒋韵笔下的小知识分子，相继走上自杀的道路。《旧街》(《花城》1991 年第 2 期）里的冯明伦；《旧盟》(《上海文学》1992 年第 1 期）里的谢萤。大约也是这个时期，蒋韵的这些小知识分子开始有了一个新的命名：古典。在这新的命名底下，是否增添了什么新的性质呢？他们的知识成分有什么改变呢？他们依然是文学化的，感伤主义的，青春期抑郁、空想的，而“古典”这一抽象的命名取代了他们具体的形象。因了“古典”这一命名，蒋韵似乎也转换了立场，她的批评不再那么激烈有力。而她的80年代那一个批判和教育的阶层：平民，也消失了思想的功能。没有人替代上场。因此，很遗憾的，蒋韵对知识的批评便下降了水准。看来，现代小说的奇招并不能给思想和想象力助一把力，甚至它还掩盖了它们疲乏的真相，并且，为逃避劳动网开一面。

越过纷来攘往的90年代，再回头看80年代，那时候，我们有着许多结实的小说。我们像个辛勤、老实，甚至预颟的农人，种下故事的种子，然后培土，浇灌，锄草，捉虫，朝出暮归，按着自然的生熟法则，收获小说。那时候，小说这一形式很严格，没有那么多蹊径旁路，出路只有一条，就是使劲地思想。思想这劳动，实在艰苦得很，略一松劲，便不进则退。读蒋韵的小说，使我重新看到80年代小说的图景。我很奇怪我怎么会错过《找事儿》这样完美的小说，写实的外形中充斥着诗的浪漫性。通常的情形下，后者的存在总是以放弃前者为代价的，可这里两全其美，因这是从堆积如山的日常生活中搜索来的诗性，它经严格的挑选、过滤、组织和结构，这是感受、思想和想象力的果实。读蒋韵的小说，还使我反省与检讨了90年代——这个令人困顿的时代。

2000年3月10日

（《失传的游戏》，蒋韵著，

北岳文艺出版社1994年版）

青春的歌唱

蒋韵的长篇小说《我的内陆》，有一句话可说是照耀了全局，那就是北义棠村的回乡知识青年阎继高，爱上城里下乡的女学生冀晓兰，可冀晓兰有严重心脏疾患，这样的病人往往早夭，阎继高抱住她，哀伤地说："那就现在死吧，早死早转生，辈辈活年轻。"奋勇的青春，连性命都可以不顾，只为了获取激情，真是英烈啊！

在一个干涸的城市和干涸的年代里，青春还是从生命自身中，汲取着养料，开出妩媚的鲜活的花朵。由于外部世界的变形，它们便也呈现出古怪的突兀的面貌。可就是这些不协调的部位，散发出悲壮的气氛。

再说那个冀晓兰吧，她向"我"讲述电影《青春之歌》，然后她们同演其中的片断。"我"扮演革命家林红，冀晓兰则担任女主角林道静。林道静初入狱，身受严刑拷打，昏死过去，在林红怀里慢慢睁开眼睛，惊喜道："郑姐姐，我到北平就是为了找你啊！"这一幕，带有着闺阁的私密气息，在表演革命剧的底下，是自恋，伤感，爱娇，诸种罗曼蒂克的幻想，得到的满足。多少有一些怪异，那是不屈不挠的青春，从坚硬的现实中，使劲顶出来的形态。

那个城市是在大陆的腹地，几千年人类的活动早已熬干了它。粗劣的水泥覆盖了它，唯一的自然遗迹，穿行过城市的汾河，河水且稠成泥浆。时代亦是枯乏的，在革命的名义之下，人和人性收缩起它的柔软的姿态，变成僵硬的面目。所有这些，都是那么不适宜生长。何况，生命又正长到最娇嫩的阶段：青春。知性方才凿破朦暗的躯壳，感官也成熟到敏于感受。你以为它们会被压抑住，从根子上挫伤，挫断。其实不，新鲜的生命有着不可思议的力量，它们忘我地突破障碍，在茫然中搜寻食粮，并且放出光辉。就像那个小五。母亲投河自杀，入殓时，十二岁的小五坚持要让母亲穿一件丝绵袄。这是一件瑰丽的丝绵袄，浓黑的底上，洒满大朵金牡丹，盘旋着大翅蝴蝶。这一情节亦是悲苍之音，尸布上盛开的花朵。

小说里描写了一批女孩儿，她们排着队，依次穿行而过。在苟活的人群中，显得有些怪诞，可是生气勃勃。林萍，学校宣传队的女队员，在一出名为《美国佬滚回去》的歌舞中，饰演唯一的女角，卖花女。身穿红绸衣裤，在假想成西贡的舞台中间舞着，身上像着了一团火。她真是那样，不惜燃烧自己，为了那个盲目的，被派定的信仰。为了不辜负热情的农人，她能忍住反胃，喝下大碗的羊肉汤，走出村庄再翻江倒海地呕吐；她将劳动模范送她的苹果转送到荣军医院；她绝然离开革命异己分子的父母，靠拾菜叶和煤渣养活自己；然后，她决定徒步走去延安，奔赴圣地；终于，她跟了一伙最激进的青年，去了战火中的越南，将舞台上的歌舞化为现实。程美，是另一种，她属于那个时代的另类。这类人的一个特征，就是桃色的流言，文中说：“它的桃色气息使城市的夜晚暧昧起来也神秘起来。”她的平庸的母亲打她，关她，她就从反锁的楼房跳窗而出。就这样，她彻底脱离家庭，入了“道”，成为赫赫有名的人物，名为“一点红”。结局是，两个兄弟团伙为她火并，死的死，伤的伤，她则以反革命流氓罪被判二十年徒刑，立在军人武装解押的卡车上游街。李娟也是另类，别一种另类。在“活学活用毛主席著作讲用会”上，李娟穿了瘦腿裤子，“甘蔗辫”的发式，这是那时代里的时尚，在局限之下略微的叛逆。她走上讲台，全体哗然，男生们跺着脚，唱歌似地喊着她的名字。几乎每个女孩，都有一个戏剧化的场面，这场面将她们作了一个亮相，然后定格。李娟从这个时代的边缘走入了另一个天地，那是更高一层的精神生活。不同于程美，表现的是普通的人性，因为这人性被压制了，才显出它不同凡响，而李娟则升华了。那就是诗歌，民间诗人食指的，充满青春感伤的诗歌，在黑暗的地下隧道，漫流四方，终于流进这个闭塞城市，回应了李娟们的呼喊。

这些女孩渐渐长成姑娘，爱情向她们走来。大约是这地理和历史的缘故，都像走在末梢上，竭尽了最后的力气，带了些亡命，这些爱情几乎无一不带着惨烈的色彩。就像阎继高对冀晓兰说的：“那就现在死吧！”

老蒙娜出场时，已经在她故事的结尾了。此时此地，她“孑然一身，穷苦，姿色平平，在月底常向人借钱”，她还有着不少奇谈怪论，爱说话，爱纠缠男老师，并且，最阴森可怖的是，她有着一种类似癫痫一样，欲望的发作。她经历了什么样的事端呢？十八岁时，追随她钟情的人远赴云南，为要赶上她激进的爱人，她像修炼苦行一样压榨自己，成为"铁姑娘"。而她的爱人却爱上了别人，一个宣传队的女演员，扮演红区的大嫂，唱着："紧紧拉住亲人的手，亲人的手"，其间流露出暧昧的情调。冀晓兰的故事讲过了，接下来是陈枝。牛头刨截去了她的手，她一心要与男友吴永强分离，年轻人就是这样追求完美，不允许有一点缺陷，宁可玉碎，也不瓦全。吴永强如何呢？上天入地地寻找一夜间销声匿迹的爱人，找到后，则在病房外走廊里安营扎寨，最后，他跳上二楼窗台，决定跳下去，折一条腿，来换陈枝的一只手。

长篇最后的章节，浮现起1934年的林徽因，还有1949年的阎锡山五妹子。前者与她的丈夫一同来到此地，寻访古建筑，美丽，幸福，开放，才学饱满；后者则在围城之战中自尽，好比霸王别姬那一死，绝笔中写："前楼火起，后山崩颓，死在眉睫，心转平安"。生和死的辉煌均上演过了，余下来的冗长枯乏的岁月，还将会有什么样的情节呢？我们已经预先知道，此时，更觉怆然。那所有的现代剧，名字就是那一个，竭尽全力。

2001年11月16日　上海

（《我的内陆》，蒋韵著，

《十月》2001年第5期）

复兴时期的爱情

《隐秘盛开》的故事似乎是较常见的一种，一个人对另一个人的无所期望的爱情，比如斯蒂芬·茨威格的《一个陌生女子的来信》，比如张洁的《爱，是不能忘记的》，还比如书中提及的安徒生童话《海的女儿》……这种单向的爱情有一个共同的特征，就是向对方攫取甚少，一点点无关乎痛痒的言语举止，都可充作爱恋的资料，然后自供养分，使其壮大长成，结果便是自噬。有些像蚕，吃进桑叶，吐出丝，将自己严严实实缠成一个茧，在黑暗中化成蛾子，飞出去，终弃下了那茧子，可也死期将至。在这共同的起始与终局之下，究竟有着什么样不相同的攫取和付出呢？大约也是我们不断重复同类型故事的写作与阅读的动力所在。这种爱情无可避免是虚妄的，无论是《爱，是不能忘记的》里，那个禁欲时代阻隔了双方的交流；在《一个陌生女子的来信》则是由社会差异来作祟；或是《海的女儿》，童话所应许的非现实屏障。由于双方没有接通关系，于是都缺乏事实，而以抒情为主，无疑限制了篇幅，往往成立于精巧的结构。现在，蒋韵却给我们例外，用一部十数万字的长篇叙述这一种诗化的故事，她是以什么样的情节充实内需，因而改变了它通常的轻盈的格调，呈现出一定的体量？

小说主人公潘红霞出生并生长的地方是一座古城，有着悠久的历史，出产重工业原料，而且是省会。但是走入近代之后，它的古代文明无可避免式微，长时期的采掘能源，又榨干它的膏腴，这座省会城市实际上变得枯槁、荒凉，相当颓败。深入到局部，生活则了无意趣，乏味的砖砌房屋，是工农政权下生产型城市的民居格式，河流混浊地穿城而过，经常停电，书籍匮乏。再个别到潘红霞，一个小市民家庭里排行居中的女儿，按部就班上小学，再上中学，然后随其时其地通常的安排，进一爿街道小厂，操作一台早期工业时代的皮带车床——走上安稳平庸的人生。在这即定的成长中，潘红霞略超出一点常轨，那就是她是三个孩子中唯一由奶妈哺乳长大，于是，她便有了一些离经叛道的意思。倘以具体的逻辑推理，这一点因素是否可承担起小说将要赋予她的特别人生，多少令人怀疑，但我们可将这一细节象征性地对待，让它发挥转折的作用。这样，潘红霞就获有了一种力求向外的倾向。

从小她就不怎么认同她的家庭，自觉得不是这家的孩子，暗自等待有陌生人认领她。这一个奇出的愿望，在她十四岁的时候，竟不期然地实现了。她结识了一位新朋友，是在她同龄的伙伴之外，一个中学寄宿生，用箫声召唤了她。箫这个道具其实文人气太重，“竖笛姐姐”的形容亦有造作之嫌，但潘红霞那么迫切地要长成她的性格，好接受起未来的爱情使命。这性格看起来就像是负气，什么没有偏要什么！结实可感的存在她都不要，就要那些虚无缥缈的。谁能提供她？只有寄托于吹箫而来的仙女。“竖笛姐姐”带给她的倒是现实中有，就是“阅读”。在这里，事态又依循常理进行，蒋韵得以保持写实主义的叙述方式，而有意味的事情发生了。“竖笛姐姐”供给潘红霞看的，全是那时代里的禁书，不知来自何处，断页缺码，由“竖笛姐姐”负责口述，将残破的情节补齐。“娜塔莎”、“丽莎”、“拉夫斯基”、“渥伦斯基”……这些旧俄文学中的著名人物，跨过时间空间的万水千山，在潘红霞生活里登场了。他们在某种程度上物化了她的幻想，就像漫流的水有了河床。我以为，这就是潘红霞等到的认领，来自从未真正存在过，以书籍的形式活跃在阅读中的人物。不久，她和“竖笛姐姐”掰了，这样的关系肯定长不了，谁担得起如此的热情？全力以赴，简直像献祭。严格到不允许有些微的疏离，“竖笛姐姐”兀自回家过年，为潘红霞视作背叛，击碎了她的膜拜。这一场少女间的友谊，可说是潘红霞的爱情前史，预习了不平等又无节度的爱情，它没有以失败的结局作出告诫，反而磨练了感情的锐度，使其在无人响应的境遇里一意孤行。现在，“竖笛姐姐”完成了使命，一是启蒙了潘红霞的精神世界；二是做了潘红霞情感活动的陪练，然后被逐下场，留下她的小朋友独自走进了百废待兴的1977年。

在“文革”之后首届应试入学的大学生里，潘红霞是颇不起眼的一个，激荡的内心成长在外部留下的痕迹似乎就是特别的发式——“她只编了很短一截辫子，却留了长长的辫梢。”这里有一个细节挺有趣，就是北京女生陈果问她：“你们这里的女孩儿，都这么梳辫子吗？”她断然回答：“不，就我一个。”显然，这特征里面的革命性含义并不被公认，没有与外界接轨，是她独自制定的，就像是一个隐私，生长于离群索居的封闭环境。这么一个有着顽强的内心生活的女孩子，在开放活跃的1977年，将有什么样的遭际呢？

1977年，在小说中被定为“七七级”这个名词，这不仅是时间的概念，还是意味着某种空间，那就是恢复高考的大学和大学生。“七七级”的称号，被潘红霞骄傲地重视着，因而谦卑地感恩着，这里有着一些特别的内容，强烈地回应着这个姑娘心灵的渴望。这一级的学生来自十年内散布社会各阶层的知识青年，他们年龄相差十来岁，经历命运迥然相异，用小说中的话说：“到处是不再年轻的面孔”，可是，就在此一刻，他们一并回到了童年，站在舞台上，合唱童年时代的歌曲。倘是不去想象那被掠夺了整十年的单纯的快乐，偷换成十年的哀愁，那提早十年走进的人生，如今终要给予一点偿还，这场面就要变得矫情了。小说中有如许多的歌唱、吟诵、聚会、远足，“七七级”的求学生活，好比一场嘉年华。他们在那条枯竭的河岸上野餐，朗读苏联诗人西蒙诺夫的诗歌，他们骑着自行车到另一座城市的另一所学校去找另一位文学新星，将这一日称作“奥德修记”的一天——特洛伊战争之后，希腊英雄奥德修斯在海上漂泊十年，终于归来，亲人团圆……这是与潘红霞启蒙世界同宗同源的欧洲古典浪漫主义，可说是1977年的复兴时期的主要思想资源。潘红霞带了她从未谋面的娜塔莎、丽莎、渥伦斯基来到这一刻，就好像回了家。

小说写到学业期间，学校经历一次搬迁，迁去的校舍，是另一所更著名的高校调剂出来的旧址。那所学校建于上世纪初，由英国传教士以庚子赔款创办。学校是一座风格杂糅的建筑，有着欧式的拱卷、玻璃长窗、罗马石柱，潘红霞在心里称它作“哥特式”。所以称它作“歌特式”只是因为这是她唯一知道的欧洲建筑名称。这个细节也很微妙，它似乎暗示潘红霞们的精神源流的枯滞，这源流经过曲折宛转，千奇百怪的路途，临到潘红霞们眼前，已大大走样了。

“七七级”的思想风潮，比较集中地体现在一个人的身上，刘思扬，潘红霞爱恋终身。何为刘思扬其人，蒋韵描写道——“他像从苏俄小说中走出来的一个人物，比如，罗亭”；朗诵西蒙诺夫诗歌的就是他；写作并发表小说，新时期文学中有他一分子；文学社团的领袖；来自北京。北京又是个什么地方呢？有莫斯科餐厅，被刘思扬们稔熟地称作“老莫”；有贝多芬、柴可夫斯基音乐的地下交流；还流传着内部出版的灰皮书《麦田里的守望者》、《带星星的火车票》——在这里，人本主义的西方文化奇异地散发出权贵的色彩，形成了一个悖论，这就是作为首都的政治中心北京。潘红霞思念恋人甚苦的时候，她一个人来到北京，不是找刘思扬，而是周游观光，极有意味的，她还去了“老莫”，小说中这么写——“她坐在一个冬宫式的地方，沉默地、别扭地吃完了这陌生异域的菜肴。”潘红霞还喜欢刘思扬说话的声音和方式，在开学的班会上，他介绍自己的名字与小说《红岩》里一个著名的烈士同名，很文艺腔地强调这是他的本名，而且永远不会改，“除非我再给自己取个笔名——假如我有一天想当作家的话。”这夸张的言辞很入潘红霞的耳，而小玲珑却一语道出真相，说这是朗诵腔。当刘思扬的女友陈果还击说“这是宣叙调”之后，小玲珑耐心地看完一整部歌剧《茶花女》的电视转播，从此就用“宣叙调”来说话了。令人回味的是，刘思扬的新爱并不是全心倾倒于他的潘红霞，而是对其讥诮挖苦的小玲珑，其中是否潜伏着一种文化反省的意思？这方面的线索不多，似乎不足以开发诠释，更多的可能性是，小玲珑就是那类幸运的人，浑然不觉地穿行在别人的生活里，收获着爱情。而潘红霞则是内省的，也许是和“竖笛姐姐”的经验使她怯于行动，她将自己幽闭在内心深处。她外部的沉静给人理解力的印象，所以都会选择她作倾诉的对象，在倾诉的同时，人们就已经排除了纳她入生活的可能。这是一个悲哀的忽略，她大约就是那种处身在生活岸边的人，谁也不知道她也正面地经历着人生。这种人生很大程度上生发于想象，于是乎它又不可能在生活中实践。

在潘红霞人生的一侧，还发生着另一个故事，可用来佐证潘红霞的内心。这个故事不怎么经得起推敲，说的是深山洼里一个没有名字，人称“拓女子”的女孩，在北京下乡知青卡佳的教化之下，精神觉醒了。“卡佳”这名字也挺有意味，来自西方翻译小说的中文译名，卡佳教拓女子识字读书，她说：“我要让你睁开眼睛，看见一个新世界。”这句话可谓启蒙宣言，于是——“她们朝那个新世界前进了”。这“新世界”是什么样的内容呢？苏联电影《钢铁是怎样炼成的》插曲“在乌克兰辽阔的原野上”，继而是保尔和冬尼娅，再是牛虻和琼玛，还有安娜，甚至，和潘红霞受“竖笛姐姐”的启蒙一样，也有屠格涅夫《贵族之家》的“丽莎”……拓女子也有了潘红霞那样的爱的向往。但拓女子的处境几乎比潘红霞落后数个社会阶段，那样虚无的“爱”于她奢侈到了可笑。我说这故事经不起推敲，不是说它不可能发生，小说世界里，什么都可能发生，我只是觉得它条件不足，所以就显得突兀了。但潘红霞的精神，是那么需要支持，蒋韵不惜笔墨，用一个同类型的故事再为其咏叹一遍。

这样纯度极高的爱情，可说是80年代新时期文学的重要母题。那时候的爱都是圣爱，脱离了世俗生活进行精神对话。记得女作家遇罗锦小说中一个著名的细节，就是女主角在看画展时，受到丈夫关于买黄鱼话题的打扰，颇感失望。张抗抗的《北极光》，女主角芩芩将走入的婚姻具备现实幸福的一切条件，唯其不能满足心灵要求，这心灵要求以绝美的北极光标志着，成为爱情的经典篇章。本文起首提到的《爱，是不能忘记的》也是创作于那个时期。人们方从禁欲的时代走出，最先注意到的是爱情中的精神价值，可说是禁欲的尾音，遗留着苦行的廉洁光辉，也是解欲的先声，自此，走向开放的坦途，全面呈现人性。于是，艺术家们开始大肆渲染世俗的特性。如今，再看到一段纯情，就有一股渺茫的感动。

话再说回来，拓女子在野蛮得近乎原始的婚姻里，生下了一个女儿，米小米，后来竟与潘红霞作了去往西班牙的旅伴。米小米的故事也不怎么样，大致是个当代版的辛德瑞拉，可重要的不在这里，而是在于她，还有潘红霞一同旅行欧洲。她们终于来到了启蒙她们觉醒的精神源流，这源流千差万错地引导她们走入“新世界”，改变了她们命运的方向。在欧洲，她们的遭遇是什么呢？遇到一个偷渡到法国的东北人司机，陷入某华人旅行社合同的陷阱，当然，他们来到了大西洋海边，诺曼底的圣米歇尔山，看见了真正的哥特式教堂，而且，“胃口很好地”吃了一餐正宗的法式饭菜，令人回想潘红霞一个人在北京“老莫”吃俄式菜的“沉默”和“别扭”，据说，那佐餐的酒当是“包法利夫人”与情人幽会时喝的酒。米小米和潘红霞在乡村小酒馆夜谈，也是欧式的罗曼蒂克，谈的却是各自的中国心事。我寄希望蒋韵在此是要检讨80年代思想复兴，浪漫主义资源的浅陋，不足以抵抗命运的力量，反使得我们生命孱弱，陷入感伤主义。蒋韵分明是爱那个时代的，我能体验到她的激动，但是，也能体验到她似乎无从去爱。她从那个时代检索出来的情节，多少有些单薄，大概也是因此，她只能给她的人物，一个“隐秘盛开”的爱情，能量匮缺，在盛开中消噬了自己。我们应把这爱情，看作是对复兴时期的一种纪念。

2006年10月6日　上海

（《隐秘盛开》，蒋韵著，

北京十月文艺出版社2005年版）

南音谱北调

在吉隆坡特别温润的12月里，我们来到《星州日报》二楼总编辑会议室，被授以评选的规则，再从组别安排于不同的房间。于是，第五届“花踪”文学奖的决审开幕了。

我和台湾诗人蒋勋，马来西亚华人作家小黑，被派作评定世界华文小说。这是“花踪”文学奖中奖额最高的项目，一等为一万美元奖金，它面对的是全世界的华文写作。在一个华文的边缘地区，却要对全体华文小说作一个召集与竞赛，不能不说是有点超载负重。但因此也能看出对华文竭诚的渴望，渴望树立一个辉煌的榜样，标明着一种也许不是实用的，却具有着高尚品格和浪漫诗情的语言，以及在这语言陶冶之下的，艰苦而优良的民族生存。这也是“花踪”奖的最感动，它使我们深深体验了语言的肌肤之亲。

我想，我们三人最终被《又见椹子红》说服的，就是语言。它以一种抒情性质的语言进行叙事，于是，整篇就覆盖着优美的诗意。但这诗意又不是俗丽的，它相当朴素，用的都是简单的基本的字和词，常用的口语，带着乡音。比如，写大龙砍树单调的斧斫声："重的一声，轻的一语"，这伐木的一斧斧里，故事自然就开了篇。乡间晚上，一伙留守老家的女人聚在一起聊天，得着了盲乞丐和驼背婆子的新话题，"女人们说得沸沸扬扬，同仇敌忾"，待说到儿童不宜的部分，"大伙儿神神秘秘地压着嗓子，防着孩子听见"，一旦发现小孩子的小板凳"下意识地往人群内挪"，立即"嘘嘘地"赶上楼去睡觉，"三双脚跟着一团手电的黄光，一级一级地踏在没有光的地方"，上了楼去，听下面女人交流如何骗小孩子的诡计："我说伊是花生沟里捡来的，伊信得很呢！"于是，楼上再接着讨论小孩子从哪里来的，互相告诫："我们女生呀，才要当心，千万别跟男生好，万一让男生拉上你的手，那就完了！"就有和男生拉过手的上了心事，"恐惧溜溜地在黑暗的房间里兜圈子，赶不出去。"夜晚的热闹和静，安闲和活泼，这家的快乐和隔院里的忧愁，闲愁和真愁，潺潺地流淌过眼前。写驼背婆子的女儿丽菊烫头的那一段是最精彩的，这一桩小事在丽菊这个贫贱又心高的女孩，表现得极具悲剧感。村里来了理发匠，摆出形形种种奇妙的工具，三个女孩相继卷了头发，套上胶皮发套，此时，"丽菊一直拉着我的手，渐渐地越拉越紧，手心微微冒着汗。我仰起头看她，她的双眼直勾勾地盯着理发匠在卷发的手，胸脯激动地起伏着。忽然她拉着我快速挤出人群，直往她家奔，整个人笼罩在一种高昂的情绪里，连我唤她几次她也不理。"她在她家寄居的牛房四处，搜罗出不知何时藏下的一把碎票子，又往外奔。"坐在理发匠跟前的丽菊，那张小面孔绷得紧紧的，又凝重又认真，眼睛定定地注视着前方……当热毛巾敷上去时候，她也没有像其他的女孩那样咧着嘴又叫又笑。”这几乎是有些惊心动魄了，带着英勇奋斗的意味。这首委婉的田园诗，越来越具有着严肃的含义，渐渐接近悲歌了。到后面，丽菊和她的驼背母亲，瞎子继父，紧张对峙于牛房中，这一情景就有了一种剜心的痛楚，调门变得激烈起来。在破陋的牛房中，两个残病的没了希望的人中间，“突兀”地坐着丽菊，“她穿着一身粉红色的‘的确良’春装，满头的卷卷儿盛丽地披着，涂了口红，浑身散发出‘双妹’花露水的浓烈香味。”形容她的卷发，用了“盛丽”两个字。配了她的身世，环境，遭遇，再回味她烫发时的庄严，隆重，这“盛丽”不禁有了一股凄厉的声色。烫发这一笔在整篇歌唱中，是一句裂帛之声，它将和缓流丽的旋律推上了一个高亢到尖锐的音符，于是，曲调就有了力度。当“我”在午后寻找与大龙偷情的丽菊时，叙述是在类似如歌行板的节奏中进行：“牛房里静悄悄的，光线从墙上的小窗投进来，把一块规矩的，长方的光明静静地贴在铺着席子的板床上。板床上放着几件叠好的衣服，板床下置着一堆乱七八糟的东西。一只麻布袋子无言地挂在墙上，角落里有一个简陋砌成的砖炉，旁边置着一只贴着‘常满’的米缸和一只浮着红色胶勺子的水缸。地上没铺砖，是泥地，透着一股潮湿。”寂寥，冷清，还有不安与不祥的预感，就沿着这视线徐徐的行走，一点一点流淌下来。

全篇的语言，还是用了一种南方的口音。这不是说它用了什么方言，恰恰，它极少用冷僻生硬的方言，而是在于它的行腔。我们的书面语是以北方语种，尤其北方话为表现，在这中心语种的外缘，写作其实都须经过口音的转换，将地方语音译成北方语。在此，不得不有所损失，损失口音中的地域风情，这风情是很有含意的。它包含了地理，气候，历史，人性，诸多的因素。一些鲜活的生气在规范严整的书面之后消失了。可是，《又见椹子红》里，却呈现出不同以往的语言面貌。这面貌，初一看，颇有些古意。某一些字词，用的相当朴，比如，砍树人的赤背上，“流着一渠水”的“渠”字，这样的量词，何其的雅。说到一门远亲，是“隔表的疏亲”，这“疏”字，也用得多么的文！通常口语惯说的“接着”，如“接着说”，“接着做”，这里是为“续着”。“忿忿地续着又说”，“续着又养了个儿子”。还有一个“甫”字，和“伊”字，都挺古的。“起初还顾忌着伊，理亏着伊”，“理亏着伊”，多古雅。又有一些形容：“暮色合了”，“合了”这两个字，都是大白字，却可看见暮色渐渐积并来，最后笼罩了。这些字，没有与我们的书面语，共同经历现代口语与普通话的进化，进到现代社会大规模流通，约定俗成的常规状态，它们似乎还停留在文字素朴的源头，使用着字的最初的本意，展示出一幅与中心文明不同的情景。在那个远离政治中心，又多是山地的省份，似乎还保存着一些宋代的风气。大概是宋室南遁时候，遗于沿途的踪迹。那些丘陵凹地里的木屋，不是简洁，质朴，宽廊疏柱，颇有宋风？人也是耿介更直的性子。相对隔离的环境，延缓了文化的交流融汇，得到了自生自长的时机。而汉语，其实就有着无限伸展的弹性和空间。

方才说了，小说中极少用冷僻的方言。计算一下，全篇里，有九处注释，其中关于方言的仅四处，其余是关于地名，环境，物名的解释。那四处是：牵面线，聊天；对看，相亲；米粉猪，懒睡鬼；甲蓬，吃饭。所以，尽管是有着独特的含义深远的地方语音，作者也还是服从了这样一个事实：以北方语系为书写和阅读的事实，《又见椹子红》依然是书面化的写作。但是，方才也说了，在它的正统行文底下，却潜着边远的南音的运腔。这除去前边所举的，用字古朴天真，还十分微妙地体现在一些介词动词的省略，减缩，这使得句子变短，变紧凑，节奏就不同了，有了一股明快。明快中，为保持平衡，又有一些字词突出来，添一点拖腔，就不那么单调。比如，你读读看，那驼背婆子的诉苦："那忤逆的，举起二胡弯着膝就拗，拗断了一把二胡不打紧，伊不忌讳雷劈！说伊阿爸不是生伊的，就说就提起扁担撵伊阿爸出门……大娘啊！你倒说说看，是哪个讨乞来拉扯大伊，这有多揪心啊！"可不是抑扬顿挫？还有，"暮色合了，架在天井的火炉生了火。上桌的时分他们就坐在天井里，坐成二段木头，堂皇的灯火，喧闹的人声里，这两个人的故事最丰富，却也最寂寞！"这节奏也有些古，因有些类似曲牌，收句略带些突兀，带了顿的意思，限在某一种格式里，不可越出。而北方语写作大凡是板腔体的，比较自由和流畅，畅到了难免有点油滑。而此处，则规矩，老实，甚至稚拙。但它依然没有妨碍我们用北方语来阅读和感受。古意淳淳的南音渐渐弥漫开去，铺陈了一纸鲜艳和凄凉，犹如那驼背婆子唱的曲子："叫夫郎听我言说个明白，十八岁随了你大门不迈，生下这儿女双骨肉难离，怎狠心抛妻儿斩断亲脉……”是闽南的歌仔戏的调吗？

《又见椹子红》，便是如此这般地感动了我。

2000 年 4 月 24 日　上海

（《又见椹子红》，黄燕萍著，

《上海文学》2000 年第 9 期）

边地的忠诚
——读《寻枪》

据说，最早是某作者的一篇小说，然后，导演陆川改编拍摄成了电影，再然后，陆川又从电影写成了这本十万字的小说。这过程其实挺有意思，就是说陆川从最初的小说中攫取，又在自己小说中放大的是什么？还有，他是以什么材料去扩充那放大的部分？其间想必会体现他虚构生活的出发点，以及技术手段，当然，也包含了他对真实生活的看法。不过，我既没有看过原初的小说，也没有看电影《寻枪》，我越过了前两段，三级跳地看到了小说《寻枪》。所以，我只能说小说《寻枪》。

陆川显然不是一个熟练的叙述者，我似乎能够想象他，面对情节与情节之间的过渡，束手无策，不晓得如何将这空白填满。人和事都兀自在着，而之间的那种连绵不断的关系，究竟当有什么去组成？文字，对于一个以镜头画面为书写工具的电影人来说的抽象，虚妄，无从抓挠，是一个问题。但是，大约还有一个个人经验的问题，一个生活在政治中心，基本在学校与书本中生长起来的年轻人，对这个边地的故事，缺乏材料，所感到的力不从心，也会是叙述上的障碍。后者的困难可能比前者更为艰巨。所以，我倒宁可以为陆川在小说中采用的虚实交错，主客观转换手法是出于不得已，为了将这个十万字的庞大篇幅覆盖而编结的文字织物。还有，关于主人公马山的家庭生活，尤其儿子马东的性启蒙情节，大约不仅出于对篇幅的责任，也是意欲加深对人性的探密吧。二十年来的新时期文学，将人性裸露到性之后，便茫然失所，于是后来者陆川，不免一脚进去。这些，都显出陆川的不老练，他还不能肯定“寻枪”故事的好，他还嫌好得不够，就要去装饰它，结果，反而使它的外部变得琐碎，庞杂，和累赘。

尽管是在这些零碎的掩埋之下，寻枪故事依然显出它的好。这故事的核，很单纯，就是“寻枪”。这单纯并不是简单，而是指它的形态，节约与明快，和繁复相对立，绝不影响它的丰富性。事实上，在这单纯的核里，聚集有相当饱满的资源——在这个西南山区的古镇里，一把公务用枪并不具有实际的用途，它的作用更多地体现在意义上，即国家机器最极端强力的执行。所以，当它遗失之后，给国家安全造成的危险，是在理论上推理成功的。这推理合乎逻辑，但却大不可能实现，然而，后果则是现实的，那就是派出所警察马山将“处三年以下有期徒刑或者拘役”，以及一系列派生出的惩罚：扣除全所奖金，取消荣誉称号，甚至殃及上级单位。在这抽象的因与具体的果之间，就有了一个不真实的空间，一切关于寻枪的行为在这空间里上演，都会呈现出变形的效果，这效果就是“夸张”。夸张的滑稽，伴随了整个寻枪过程，但是并没有妨碍事情越来越变得严肃，以致损害最终的壮烈，一个卑微的小人物陡然变为英雄。反过来，也是，故事的英雄性也没有减低和取消它的滑稽，就是现代话语所说的“荒诞”。这种同时并存的情形，便是这核里的资源储量吧。

但是，这只是故事的第一个“好”。这第一个“好”，是规划的性质。而接下来的，要将它最终落实为真正的故事，也就是将一个“核”饱满成果子，第二步的“好”，道路则更加漫长，而且风险大，随时可失足，蹈入败着，使规划落空。在这里，就是“寻枪”如何去“寻”，如何寻得精彩，需要更为耐心细致的想象和推理。写作的技能大概是更具体地表现在这里，而之前，主要是由思想完成。

“寻枪”的“寻”，要由情节去展开。情节是合理的，从时间上推理，马山是在妹妹的婚宴上丢失的枪，而他此时酩酊大醉，记忆已经模糊。于是，许多可能性出现了，事情陷入扑朔迷离，情节在这里拉开表现的空间，让各种人物和人物关系登场。这一着，使得“寻枪”与单纯的情节剧拉开了距离。当马山在这一段丧失的记忆里东碰西撞的时候，情节则蔓生出枝节，变得曲折，这就又没有影响情节剧的复杂性。想象力在此是相当兴奋与活跃的，情节合理又富有活力地铺陈开来，质地还是疏松的，要靠细节去“砌”，使其细密，结实。细节其实是决定故事的弹性和光泽的因素。“寻枪”里，有这样几个细节，贯穿于情节之中，它们有些像闲笔，但却有效地呈现出失枪的边地与遥远的国家中心的距离，这距离令人伤怀，又不无滑稽。第一个是马山的妹妹马娟的新房，新人们执意选择在镇外边公路边上，十分的突兀；第二，马山终于向上级汇报了丢枪的事故，局长问丢了多久，回答二十个小时，局长大惊道："二十个小时！要是坐汽车已经到省城了！坐火车到北京了！要是坐飞机都到美国了！"这假设一下子将这山区与外面的大世界联系起来，于是，马山眼前便出现了天安门广场发生枪案；再有，就是当马山决定采取行动时，到妻子供职与儿子就读的小学校，最后看他们一眼，孩子们正在读书，读的是："我们的祖国幅员辽阔，在祖国的土地上，都是高楼大厦……"高楼大厦，幅员辽阔的祖国，在课本上向他显现，是何等的抽象却又神圣，而他已决定去献身了。其间，还有一个最出色的细节，这细节所具有的能量，促使它转为情节的条件，那就是，八三四八九六工厂。

这是当年三线建设的工厂，后来三线撤离，遗留下一片空旷的厂区。这一情景，描绘出这地方的偏和远，还有被遗弃的荒和寂。当年，它曾作为后方而热闹一时，而今，在冷战结束的和平日子里，又回到蛮野之中。这一个场景不仅有细节的描写作用，而且担纲起情节的要务。它不仅在"寻"的过程中制造了意外之笔，甩了个大包袱，更要紧的，它为偷枪人提供了有力的作案动机，致使"寻枪"有了下落。

这两个"好"之后，还有最难的一"好"，便是结尾。前边情节设置得越险，后面结尾的难度便越大。马山在酒醉的朦胧意识里寻觅线索，事情一阵明一阵暗，进一步，退两步，真不知该如何结束。但是，真相还是在浮出水面。这是马山采取最后极端行动的不得已和得已，具有了这两项条件，才可绝处逢生。马山的最终行动，多少有些“好莱坞”的痕迹，可想来想去，似乎也只有这样了。得承认，“好莱坞”是有办法，它技术成熟，可将人逼到绝处，再一把拎起来。马山的行动就有这点意思。事情到这一步，马山只有豁出命去了，就在这一“豁”，他从平庸中脱生，有了英雄的光华。所以，这一“好”，还是够分的。

有了这些好处撑着，陆川虽有些不着力的地方，但作为一部小说，基本的条件都已具备，体现了一个虚构者的才能。

2002年4月19日沪

（《寻枪》，陆川著，

现代出版社2002年版）

自觉与不自觉间

陆星儿的长篇新作《痛》，描写了一位现行体制内的企业家。他身为政府部门的官员，在改革开放的大潮中，步着市场经济的路途，努力走入现代化的远景。看起来，如何在政策与市场规律之间变通，而谋求出路，是他主要的工作。这变通犹如走独木桥，一不小心便会堕身，最终他果然翻身落马。回头望望，处处险境，却又到底不知道失足于哪一个关节。这个人物的遭际可使我们在一定程度上，认识我们的处于转换时期的现实，我们为不落后于世界所做的茫然的争取。

陆星儿是以正面的方式来描写企业家邱大风。他能审时度势，为长远的发展割舍眼前的利益，比如拒绝香港房地产公司的高薪聘用；他有爱国心，在与世界发展银行的谈判中，破天荒争来管理财务权利；当然同时他还具备良好的心理素质，临危不乱阵脚，因而获取全胜；他有魄力，在货币动迁的政策下达之前，便敢用作价的方式将两家动迁户“烫平”；他还有纵横之术，饭店老总不让工地运油车从大门前过，他联合公安局长宴请老总及党委书记，饭桌上也“烫平了”；他肯定是胸怀大志，那就是要将这城市最具标志性的路沐恩路重新翻造；但这所有的一切都还不足以表达陆星儿对“英雄”人物的经典想象，最关键的一笔是，他的落难。从美国谈判凯旋，却被“请”进检察机关，接下来便是一连串的折磨：入狱，下监，受审，判了虚刑回到家，亦是路不通，人生陡然到了下坡路上。最后，他在苍茫的江边，重新审视自己的生活与怀抱，忽然豁朗，重现希望。

我以为，陆星儿在此长篇中，叙述质量有飞跃性的提高。干净、明白、利索，常有出其不意的比拟和用辞，一改她往日的学生腔，“五四”式地描写人物的心情，而她生性又有几分鲁直，并不合适做这样的抒发，反是感到不贴近。她以往的文风又有些琐碎，且也不是那类轻巧的气质，直逼逼写庶务种种，亦觉着啰嗦还不贴近。而这一次，因是这样的与日常生活隔离着的人和事，也是和她自己生活隔离着的人和事，进不去，就此摆脱了纠缠粘连，迫使她只能以客观的描述状物状人，却有了意外的获得。有几场大戏，比如谈判，比如开庭，比如妻子奔走开脱，都写得跌宕起伏。看得出学戏剧的身世家底，有过情节的科班训练，大风大浪很摆得平，写得好看。邱大风这个人，动静都有声色，行止生风。

然而，大约就是因此，情形有了奇异的转变。如同我们常常读到的，古典派现实主义作家的写作奇遇，人物自己在笔下活动起来。比如，托尔斯泰本不打算让安娜死，可安娜自己有了意志，采抉了赴死的命运。这话听来有些像巫术，吹一口气，木头人活了，事实上，这可发生于许多忠实的现实主义者笔下。而陆星儿原本就是一个感性的写作者，她很奇怪地，自觉往往罩不住不自觉。她的不自觉往往会比自觉更有辨别力，更能攫取事务的本质。这样的情形，也发生在她的新长篇《痛》里边了。

邱大风在陆星儿规定我们要看的形象之下，又突现起另一个形象，这一个形象的生动性甚至超过了前一个。材料还是原先的那些，叙述依然是原先的。开篇我们看到是同一个志得意满的邱大风，方才赢得一场艰难的谈判，正在凯旋的路途中。他坐在肯尼迪机场特等舱休息室，感觉特别好。因能够坐进特等舱休息室的旅客是“凤毛麟角”，于是他邱大风便是“凤毛麟角”，是“人上人”。他回顾着自己第一次住五星级酒店的谨小慎微，如今则是“轻松潇洒”。他审视着自己的名牌西装、皮鞋、高级香烟，陶醉在成功者的喜悦之中。是的，他有理由陶醉，他不是刚谈成一场重要谈判吗？能争取来这场谈判已经是一大胜利，更何况在谈判桌占尽上风，更上一层楼。谈判的最后冲刺点，是邱大风最为踌躇满志的，便是由他们——受援国管理财务。世界发展银行对其他受援国都是让其出让财务管理权的，唯独对中国，不行。邱大风就偏偏要争得管理财务，这标志着平等，也标志着国家尊严。所以，邱大风的激愤不能简单归为意气用事，或者民族主义感情，确实可视作弱势群体对全球化中的处境挑起抵抗。问题是，邱大风是以什么样的条件向世界发展银行争取来这个权利。他并没有提供有说服力的预先的财务保证制度，亦没有提出倘若发生资金流失情况之后的救补措施，或者仅仅是承诺认罚和补偿，他只是讲一番公正平等，以及中国进步的大道理。讲到情急处，他甚至如上海俗话所称的“掼浪头”，意思是六十万美金的援助算什么？谁人没见过，我们还要再加上六十万，然后创六百万利润，不要太看重嘛！最后，他险伶伶地施加一激将法，倘不给财务管理权，援助就不要了！在法制社会中存身的美国人肯定没遇见过这样的套路，也就吃了。于是，邱大风成功。其实，静下心来想，世界发展银行限制我们，亦有他们的道理。远的不说，就说近的，邱大风自己，不也是挪用一笔回扣中的两万元，为女朋友付了房租？等到周转过来，他再把钱还进“小金库”。这些“回扣”、“小金库”的名目，自然是美国人看不懂的，所以，他们有理由不信任这个国家的财务执行。

好，不管怎么说，邱大风谈下了这个援助项目，为沐恩路改造争来了资金，更是争来了国际社会的承认。沐恩路改造可说是邱大风的奋斗目标，照他的话：“拆一幢房盖一栋楼，都是百年大计，要经受子孙后代的检验。”这个思想也传给了他手下的工作成员，比如那个主管花园坊改造工程的肖长荣。当邱大风被审查后，图纸被修改，将原本欧陆风情的样式变成实用型的“火柴盒”式楼房，肖长荣痛心道：“这条路，世世代代要走下去的！”看来，这条新沐恩路将是留给子孙的恩泽。那么，旧沐恩路呢？邱大风也称它是“有国际声誉的商业街”，被这城市的中等人家普遍认做是正宗市民的居住地和消费区，它甚至关系到青年男女的嫁娶。这么一条具有城市阶层感的旧街，究竟是因为什么理由，使它的存在不到一百年便要为新街所断然取代？新沐恩路究竟又具备什么样的品质可存世百年？让我们检索一下新沐恩路的内容，看起来大约有这么几项：一，“上万平方米的商业大厦，购物广场，会在沐恩路上一幢接一幢地耸起”，也就是说，造大量的Shopping Mall。二，花园坊改造。花园坊是上海上世纪20年代建筑的洋房群落，因居民过多，使用无度，内部已困窘不堪，所以，就“老房子新做”——“外观保留原来的风格，内部结构根据一楼开店，二楼三楼商务办公的实际需要重新设计”，这是沐恩路上最为邱大风得意的一笔。三，“造一座私有化大厦，让一些私营企业进驻，设想中，可以搞成一个经济小区”。四，在原菜场地方，“搞一个全上海最大的超级市场”。还有第五，种上比悬铃木更高贵的树种。这是一幅什么图景呢？可说是我们的以美国化为基础的现代化想象的图画，最显著的功能就是利润的最大化，就是将有限的地皮资源最大限度地创造经济效益。

邱大风便是在这利润最大化的图景上寄托了他的人生理想，这人生理想的外部装饰是名牌西服皮鞋、航空飞行特等舱，五星级酒店，以及在他茫然所失中的激励他东山再起的“新房子”。这其实不止是邱大风的人生理想，而已经演化为目下时代的消费性格。向来有英雄膜拜主义的陆星儿则以“巴顿将军”为其命名。幸好，现实的迫近的复杂性，顽强地从她不自觉的叙述中显现出来，亮出了批判的武器。

2003年7月2日　上海

（《痛》，陆星儿著，

百花文艺出版社2003年版）

精诚石开

1990年夏在北京，去史铁生家，他向我演示新式写作武器，电脑。在鼠标的点击下，一步步进入腹地，屏幕上显出几行字，就是他正写作的长篇小说《务虚笔记》，应当是第四章“童年之门”中“一个女人端坐的背景”的一节。这样一个静态的、孤立的画面，看不见任何一点前后左右的因果关系，它能生发出什么样的情节呢？它带有一种梦魇的意思，就是说，处于我们经验之外的环境里，那里的人和事，均游离我们公认的常理行动，那又将是什么样的原理呢？怀着狐疑，第二天一早我又到史铁生家。他不在，他父亲说他到地坛去了，就是《我与地坛》中的那个地坛，在这本书里，他也写到过，称之为“古园”。于是我坐着等他，当他摇着轮椅进来，一定很惊奇，怎么又看见我了？闲扯几句，我捺不住提出，再看看他的电脑，事实上是，再看看他的长篇。这其实有些过分，谁也不会喜欢正写着的东西给人看，这有些近似隐私呢。然而，史铁生是那样一个宽仁的人，而且，还是坦然的人，他顺从地打开电脑，进入写作中的长篇。我请求他再往前滚动，于是，出现了“一根大鸟的羽毛，白色的，素雅，蓬勃，仪态潇洒”。我再请求向后滚动，却很快完了，他抱歉地说：就只写到这里。他已经倾囊而出，可我还是不能明白，这究竟是一部什么样的小说。只有一点是明显的，那就是，这是一部纯粹虚构的东西。我说“纯粹虚构”，意思不是说还有不是虚构的小说。小说当然是虚构的性质，但小说是以现实的逻辑演绎故事。我在此说的“纯粹虚构”，指的是，史铁生的这部小说摆脱了外部的现实模拟性，以虚构来虚构。追其小说究竟，情节为什么这样发生，而非那样发生，理由只是一条，那就是经验，我们共同承认的经验，这是虚构中人与事发生、进行、最终完成虚构的依附。而史铁生的《务虚笔记》，完全推开了这依附，徒手走在了虚构的刀刃上，它将走到哪里去呢？

这实在是很险的。

时过三年，1993年春，我在北京借了一小套单元房，排除一切干扰写小说。有一日，几个朋友一起晚饭，其中有史铁生，席间，只听他自语似地嘀咕一句，意思是这阵子不顺遂，两个星期就在一小节上纠缠。看上去，他依然是平和的，不过略有些心不在焉。可在他也已经够了，足够表示出内心的焦虑。我们都知道他正泡在这长篇里头，心里都为他担心，不知这长篇要折磨他到什么时候。长篇对于别人也许没什么了不得的，但对史铁生，真的是一个挑战。还是方才那句话，他推开了现实模拟性的依附，走在虚构的刀刃上，能走多远呢？长篇是大工程，还不仅指劳动力和时间的付出，更指的是需要有填充篇幅的巨大的量。这个“量”通常是由故事来积成，而故事则由经验与想象一并完成。在此，经验不止是写作的材料，还是想象所生发的依据，就像前边曾说过“情节为什么这样发生，而非那样发生”的理由。这是写作小说的资源，长篇消耗尤剧。轮椅上的生涯，却使这资源受到了限制。

自从坐上轮椅，史铁生不得已削弱了他的外部活动，他渐渐进入一种冥思的生活。对这世界上的许多事物，他不是以感官接触，而是用认识，用认识接近、感受，形成自己的印象。这样，他所攫取的世界便多少具有着第二手的性质。他当然只能从概念着手，概念总是枯乏的，不是说理论是灰色的，生命之树常绿？因概念无论如何已是别人体验与归纳过的结论，这也无论如何都会在他与对象之间，拉起一道屏障。他就隔着这层世界灰色的屏障，看这世界，这世界很难不是变形的。可是，变形就变形，谁敢说谁的世界完全写实？谁的感官接触不发生误差，可完全反映对象？倘完全是翻版，不就又退回到概念之前去了？说得好是素朴的世界，其实也是混沌与懵懂。只是史铁生的变形世界排除了生动活跃的感性参预，不免是艰涩的。但命运已经规定史铁生身处概念，他不可能回进自然，残疾取消了他回进自然的条件，史铁生是没有退路的。那么，史铁生的出路在哪里？停在原地，滞留于灰暗的景观之中？或者，也许，还有一条进路，那就是从这概念的世界里索获理性的光明。也就是说，这世界的变形质量，是逊于一般水准，还是超出共享的范畴。那就要看个人心智的能量，或者说个人的思想力度，心智和思想能否达到一个程度——用《务虚笔记》第十二章“欲望”

中的说法，就是欲望，“生命就是欲望”。这就好像意识决定存在的意思，“神说，要有光，就有了光”的意思，听起来有点玄，可这就是史铁生的现实处境。他活在暗处还是有光处，他享有怎样的快乐，就取决于他的自觉与主动性。从这一点上说，史铁生的命运就又和唯物论接上轨了，他其实并不像别人以为的那样无可奈何，而是和所有人一样，甚至更高程度地，掌握在自己手上。

由于是这样后天的经过思想锻炼过的素材，史铁生的小说早已就显现出一种再造的景观。比如短篇小说《命若琴弦》，故事因循的原则不是现实的逻辑，而是生造出来的。老瞎子的师父给老瞎子留下一张眼睛复明的药方，可是必须弹断一千根琴弦才能去抓药，否则药就无效。这个条件不是来自于生活实践，而是根据故事的需要纯虚构的。这故事需要给老瞎子一个行为的目的，且又不能使这目的实现，它就要无尽地延长老瞎子的行为，同时推迟目标的接近，于是便有了这么一个契约：弹断一千根琴弦，才可起用药方。许多民间故事、寓言都是这样，从假想的条件上生发故事，就像古罗马神话“金枝”。特洛伊失陷后，英雄埃涅阿斯根据女神指示，折取一节树枝，于是就有了神力，可去往冥界寻找父亲的灵魂，打探自己未来的命运。这一节树枝的神力其实是被创作者妄加的，好让故事有条件向下走，走到创作者指定的位置上，完成寓意。也因此，史铁生的小说，或多或少都有些寓言的意思。在他的早期，坐轮椅还不久的时候，小说还多是描写具体的生活经验：写街道手工作坊的《午餐半小时》、《我们的角落》；写知识青年下放农村生活的《我的遥远的清平湾》、《插队的故事》，等等。随着坐轮椅的时间增长，离开自由行动的日子越远，史铁生的小说越变得抽象。思想的涵量增加，故事则渐渐不象形现实，比如《命若琴弦》，比如《毒药》，比如《中篇，或短篇 4》，再比如《务虚笔记》。这些与具体人和事疏淡了关系的小说，显现出他逐渐脱离外部的生活，而进入内心。

在《务虚笔记》之前，那些寓言性质的小说，因篇幅多比较短小，寓意也比较有限，所以，虚拟的条件就比较容易贯彻到底，使其自圆其说。可是，面对一部长篇的量，史铁生能否因循着这假想的、再生的逻辑坚持到底？真是一个大问题。这后天的逻辑是根据什么可和不可，推理的条件其实相当脆弱，没有实践来作检验的标准，唯一的武器是思考，思考，思考。似乎怎么样都行，可你确实知道只有一种可行性，就是不知道隐在哪里，错误的迹象又来引你走向歧途。举一个生活中的例子，不晓得能不能说明这种处境，就是黑暗中在旷野走路。手电筒的一柱光使你以为那就是路，于是循它而去，可是等到下弦月起来，天微亮，却看见路在很远的另一边。我们写作的人——即便是我们这些能够以现实生活作准绳的人，也会遇到虚构上的困境。我们最怕的是那种可能性极多的境遇，其实最岌岌可危，因我们知道，不会有事物能够向四面八方发展，任何事物都只可能以一种秩序存在着。纵然是无中生有的，它一旦生出，便也有了自己的生命秩序。这隐在虚无之中的基因图谱，就是史铁生要去寻找出来的。他每一天都在干这个活，没有外力可以帮助，只有思想，孤独的思想。

他终于在1995年上半年完成了这大部头长篇小说，大家都为他松下一口气。接下来，轮到我们吃重了，那就是阅读的挑战。在这里呈现的是这样一幅虚拟的图景，与你我他所认识的生活无关，而这通常是阅读所依凭的媒介。我们沿着所共知的生活表面性进入到另度空间——创作者所营造的独立王国。当然，史铁生在这里也使用了某些现实的资料，比如Z所遭遇的社会等级差异，Z九岁时在小女朋友漂亮的家中玩，听她母亲在身后责备说："她怎么把那些野孩子……那个外面的孩子……带了进来……"从此种下了功利心的种子；比如医生F和女导演N，发生在政治教条主义时代的爱情悲剧，终因两人家庭阶级所属不同，不得不分手；比如叙述者"我"的那个可怕的童年玩伴，他具有着一种惊人的集权才能，就是唤起群众，任意孤立某一个不合作者，对于他的写实性描写，一脱整篇的冥想风格，鲜明突起，流露出私人生活经验的特质；再比如Z的叔叔与叛徒女人的情感纠葛，亦是由战争年代的史实背景演绎而来；而最重大也是最主要的现实资料，则是C，这个截瘫者的爱情与性爱经历，全部长篇其实都是从此出发。所以，这纯虚拟的景观的源头，却依然是来自现实生活。然而，一旦出发，就进入虚拟的状态，上述所有那些现实性资料，在此全呈现出不真实的形貌。这些人都没有姓名，拉丁字母将他们变成了符号。那些社会事件也不以通用的说法命名，而以暗示的方式，也抹杀了具体性。就和最初的，从电脑屏幕上窥伺的印象相同，像梦魇。问题临到阅读的方面，就是我们将根据什么条件解释梦魇，这解释能否自圆其说，走向终点。读这小说，有些像猜谜呢！因是缺乏共有的常识的媒介，我们也必须在虚无中寻找地图，然后走入《务虚笔记》。

我想，性爱可说是遥远的彼岸，此岸是残疾人C。叙述者“我”的任务，也就是整部小说的任务，就是将C渡往彼岸。现实已经堵绝了通路，而小说到底也不是童话，它必须遵守现实的可行性制度。C走向性爱，已规定不能以外部行为的方式，用书中的说法：“直接走向性，C不行。”动作取消了，只能以思辨来进行。用思辨排除障碍，推向前进。也所以，这里的以拉丁字母代表着的人物，无一不承担着思辨的角色，分工负责为C渡向彼岸掘进通路。他们一无二致地带了沉思默想的表情，每人都怀揣一个哲学课题，那都是用以证明和反证C的命题的。其中，Z和O似乎被交托的责任较重，第二章，“残疾与爱情”的末尾，就将什么是爱情与性的答案，交到了下一章“死亡序幕”，Z的妻子O“猝然赴死”的情节里。这个答案贯穿四十万字的整部小说，一直到倒数第二章“猜测”，正面展开了讨论。医生F，Z的同母异父兄弟HJ，导演N，诗人L，身影模糊的WR……大家一起来破这个悬案，就是O为什么死。这个答案里就隐藏着C渡向彼岸的玄机。ABCD们，身体力行，以自己的故事参预问题和回答，到这第二十一章时，已是在下结论了。比如，F和N，他们的爱情生涯是在隔离中渡过，他们甚至不能照面，偶尔的相逢也是从镜子的折射、摄影胶片、或者由男女演员作替身在戏剧中找寻追逐，这些镜中花、水中月的意象，表明他们的爱寄寓在虚无之中。以坚持不懈的长跑来追逐爱人T的HJ，他的观点是，“不爱而被爱和爱而不被爱，我宁愿要后者”。这是个爱神，全身心地去爱，并不在意回报。他所爱的T，是他定义的福人，即没有爱而被爱。T是N与O的混合，她在N和O的爱情命运中进出着，时而分解，时而合而为一，综合着她们幸福的成分，成为施爱的对象。Z的母亲与父亲的爱情则是泥牛入海无消息的企盼与等待。Z的叔叔与他的女人却是背离的方式……每一对关系都受着限制，不同内容的限制紧箍着他们，使他们不能任意纵情，而唯一的没有束缚的诗人L——可不可以说L是个泛爱主义者，他爱一切女人，可一旦恋人离开时，他依然感到丧失的痛楚，说明他其实只需要一个人。即便是有无限的可能性，他的所摄取也是有限制的，于是就轮到需要来限制可能性了。所有的限制都是隐性的，只有C的限制是正面的，是显学，那就是残疾。残疾使他的限制成为常识所能认知，而其他大多数却发生在哲学意义上，因此，C的日常生活就变成了哲学，不是抽象的，而是至关存在，迫切需要解决。

我们有时候会背着史铁生议论，倘若史铁生不残疾，会过着什么样的生活？也许是，“章台柳，昭阳燕”，也许是，“五花马，千斤裘”，也许是“左牵黄，右擎苍”……不是说史铁生本性里世俗心重，而是，外部生活总是诱惑多，凭什么，史铁生就必须比其他人更加自律。现在，命运将史铁生限定在了轮椅上，剥夺了他的外部生活，他只得往内心走去，用思想做脚，越行越远。命运就是以疾病、先天、遭际、偶然性和必然性种种手法，选定人担任各种角色，史铁生曾经发过天问：为什么是我？真不知道是为什么，只知道，因为是史铁生，所以是史铁生。仿照《务虚笔记》的方法，约为公式：因为此，所以彼，此和彼的名字都叫“史铁生”。

2004年2月9日　上海

（《务虚笔记》，史铁生著，

远足文化事业有限公司2004年版）

丰饶与贫瘠

——《知青回眸引龙河》序

读这些文章，不由想起我的知青生活，也是在同样的时间里，惶遽中辍学业，少小离家，从城市去到乡野，但经验大相径庭。文章中有一篇名为“神奇的‘西伯利亚’”，多篇以“三百垧”为记叙，“北大荒”“黑土地”字样随处可见，多么辽阔啊！在这样广袤的土地上，胸襟自然扩大了。而我插队落户的安徽淮北，田少人多，淮河年年泛滥，不停地修改着地貌，治淮的堤坝和土圩切割地表，阻断地平线，视野相当局促。站在堤上，极目望远，这里那里，一丛丛矮树，就是村庄，显出人烟的稠密。倘若到了湖里——我们那里将耕地叫作“湖”，呈见向河洼取地的农耕史，到了湖里，倘若忽略沟渠以及沟渠边的榆树不计，也许还算得上开阔，可是，很快就接上邻乡甚至邻县的地边。两地的割草的孩子，互相嘲骂口音，入侵领土，争地的械斗时有发生。村里的青壮把着铁器呼啦啦奔向湖里，气氛陡然紧张起来，就知道土地的宝贵。

有限的耕地一茬不歇地连轴转，统购统销的政策以主粮为重，副作物的比例极低，于是，无暇调节土壤，地力越来越弱，产出十分瘠薄。麦子稀疏，产量之低说出来只怕你不信。黄豆生长的季节，雨水总是及时赶到，淹成汪洋，这时候，湖里倒是一片浩淼，水平线划开天际。可这是顶忧郁的日子，愁云惨雾笼罩农人的心。一旦水退，裸露几处高地，赶紧补种一季荞麦。几十年后的现在，方才知道，荞麦是一种热能很低的粮食，这就能解释它短促而且迁就的成长期。播下种子，发出苗来，转眼花开，至今还记得荞麦花星星点点的白，仿佛带着怜意，到底驱散了些忧愁。一冬一春，以红芋面果腹，村落里壅塞着薯类发酵发霉的甜酸味，荞麦的来临，令人振奋。它散发粮食的正气，过深的颜色流露出低微的身份，也正因为此，它比高贵的麦面质地结实，更给人饱足。我想，它其实没有完全被文明驯化，性子还野得很，人拿它有点没办法。做饭的女人都挺怵它的，和面的瓦盆摔在地上碎成几瓣，手却抽不出面团。就有刁钻的婆婆，让进门第一天的新媳妇和一盆荞麦面，是考试，也是下马威。

所以，我特别被本书对伙食的描写激动，征集的文章又以写食堂劳动的居多，真是大开大合，轰轰烈烈，痛快的饱食，痛快的贪馋，如此朴素的满足惟是在丰饶中才可获得天地。单是树种，就有多少！蘑菇遍地，草甸子开满花朵，几可称作豪华。我们那里的植被却是单调而且稀薄，记忆中，多见的只有两种，一是槐树，一是榆树，这两种又都和生计有关。槐树的花是用来吃的，奢侈些的是炒鸡蛋，俭朴的使用是和面与煮稀饭，多少增添些量吧，更莫说那一股清香，苦涩中的回甘，乡里人寡淡的舌头比什么都灵。榆树长在沟边，女人和孩子捋下榆钱，多少才压得满一袋子，托路子宽的男人去城里药房换钱，两分还是五分，买盐，买火柴，和面的碱，小孩子的写字本。有一年，村里的小姊妹不知从哪里得到知识，兴起来养蚕。买来蚕纸，贴身捂在棉袄里，黑籽蠕动起来，变成幼虫，下到床上，这床可不是蚕床，就是人睡的床，说实在，脱胎到我们村的蚕也可怜，事事都是将就。眼看幼虫长大，一张床漫到两张，两张到三张，就在挤不出闲置的床了，我的床也被看中，硬是被挤到她们的被窝里，腾出来给蚕睡。如今真想不出那时候的匮乏，什么都缺。这还不是最缺，最缺又最关乎成败的是桑叶。姊妹们忍饥忍惯的，想像不到蚕的食量，原本乐观地以为，庄上湖里几株桑树尽够那些虫类嚼吃，大不了到村外头觅几株。村里的桑树很快摘采一尽，四邻里的也采尽了，她们寻采桑叶的路途越来越远。收工后出发，天黑到底，才看见疲惫的身影渐渐走来，收获越来越少，终至两手空空。贫寒中挣扎活下来的蚕竟也吐出丝，结成茧，还是要托路子宽的男人进城去兑现，余下的蚕蛹则作了父兄的下酒菜。

畜类在我们那里也是寒苦的，我特别羡慕文章中写道的马匹。倘若家畜也有阶级，马大约可算最上层，贵族，由于争战而获取光荣名誉。牛和驴是自由民，凭劳动挣饭食立足。骡则是奴隶，连性和生殖的权力都被剥夺了。我们村没有马，也没有骡，只有牛和驴，这家畜的中层，劳动社会。它们下得苦力，也决不会受亏待。青黄不接的季节里，人吃政府返销的杂面豆饼，它们可是纯豆料，掺上当年的新麦穰——我百思不得其解今天农村为什么要焚烧麦穰，顺便污染了空气，在那时，麦穰可是金贵极了，知青政策规定提供粮草，秫秸豆棵还好，烧到麦穰简直是烧农人的皮肉，心尖子都疼，那可是牛的饭食。但当听说有往牛鼻子里灌水以增添体重，就知道农人对牛已珍惜不再，农业社会的伦理在塌陷，不知将被什么样的新文明取而代之。话说回我们村的牛，曾经有一任生产队长，因宰杀一头丧失劳动力的老病的牛受到除职处分。赶牛的把式都会唱，乡人称喊“号子”。那“号子”忽高亢，忽低回，忽悠长，忽顿挫。我们村有一个大哥，因我和他本家妹妹好，就跟着叫他大哥。大哥原先在乡剧团唱过泗州戏，声音好极了，我最爱看他平场地。日头底下，一头牛牵一盘滚，大哥领着牛转啊转，号子在午后的寂静中荡漾，多少喟叹和感慨，唱到牛心里去，也唱到人心里去，是要掉眼泪的。

北大荒引龙河的马大约是为先祖的罪愆受罚的后裔，它们贬入劳作的阶层，但到底出身有别，血统高贵，就还保持骑士风范。文章中多有写到马的，那奔腾之势令人向往，尤其写到受惊的马匹，仿佛瞬息之间唤醒骄傲的记忆，企图挣脱羁绊，超越俗世，天马行空。也是要掉眼泪的，但却是激昂悲壮的眼泪。

不仅是地域的差别，还有历史。北国边陲之地，马背民族逐水草而生，马前是丰盈草长，马后留下荒原。时间流转，荒原再生肥地，却不是当年的人和当年的马。在黄淮流域，却是多少年多少代的驻守，离乡背井的人，走到哪里都要回望。岁月积累的生存原则，维系着道德伦理的范约，难免是保守的，同时又是保障。我们那里的人，即便目不识丁，也深谙儒家大义。比如，从不语怪力乱神；比如，闺阁中的女儿谨言慎行，再调皮的后生也不敢轻慢；出殡的仪式我想是脱胎于周礼，白幡摇摇前领，子子孙孙络绎不绝，荒寂的田野里，男声女声的哽咽高唱低吟，刹那间醒悟，这呜咽不就是古制里的“乐”？我们的村庄，我永不会忘记，离开了就再没有回去过，可是依然不会忘记，它的名字叫做大刘庄。庄里刘姓人为众，也为尊，现代社会的行政制度重新划分了权力和权威，但依然潜在以血缘宗族为基础的阶级秩序。

北大荒是新土地，来到的是新人类，拓荒，戍边，还有罪贬，文章中所记述的农场也是法律惩戒者草创。我觉得有一件事物极能体现新气象，那就是拖拉机，拖拉机代表着集体化的大田生产，是公有制的象征。20 世纪 60 年代进步青年中流行一本苏联小说，名字叫做《拖拉机站长和总农艺师》。作家王蒙著名的小说《组织部新来的年轻人》里的年轻人，就是携带着这本书报到中共组织部领职上班。我插队的人民公社也有一个拖拉机站，奇怪的是，我从来也没见过一部拖拉机，相反，我们经常使用原始的生产方式，就是人力，拉犁，拉耩，拉耙，拉车，我惟一见过的拖拉机手是在极其特殊的情景下。

那是在政府严厉执行知青保护的法规时候，拖拉机手和女知青的隐情不慎间暴露，一段风流韵事即定性为政治事件，罪名是欺凌女知青，破坏上山下乡运动。于是，公社组织批判队巡回十里八乡斗争，虽然很丢脸，然而形势之下都可判死罪，想来是出于乡里乡亲，进行多少回变通，轻罚得不能再轻罚，也就没什么可怨艾的了。乡里人婚姻早，年轻的拖拉机手已有三个孩子，因不是出体力，就更显得后生，而且白净。他面相端正，身体匀称，衣着呢，相当整洁，一身蓝卡其的工作服，当然不像农人，也不像知青，知青多半是落魄的，总之，看上去，他处境优越。即便在尴尬之中，表情也还从容，只略带羞赧，反给他增添几分稚气，不难想见女知青对他倾倒。白天行路，晚上批判，夜里不能入眠时，就会伤感，因对不起老婆，老婆为他上吊，差点死成，败露了事由，他还想孩子，最想那小的，“爸爸、爸爸”地喊他，间或回味起女知青动情之处，收了眼泪，神往说道：她那褂子薄得，胸罩上的针眼都看得见！这就是我们那里拖拉机手的故事，带有明清传奇的风气，将时代隐逸了。

在这陈旧的人和事里打滚，免不了地，会变得灰暗，与此同时呢，生出对人世的体悟，那是与之前书本上的教育完全另一路的，倒意外规避了教条的人生。在我插队的第二年，十七岁生日时候，母亲送我的礼物是苏联小说《勇敢》，描写苏维埃时代开发远东建设共青城的故事。母亲是为激励我对付艰困，事实上，书中的景象与我身处目睹完全不搭。我独自一人来到腹地乡村，因吸取兄姐们插队的经验，先期避免上调招工的争夺，我单立门户，真正符合知识青年上山下乡，接受贫下中农再教育的精神。和乡人共同起居，沉浸于他们的生活，心情十分寂寞。有一回在玉米地锄草，当人问及想不想家，止不住地啜泣起来。一群小媳妇全陪着掉泪，她们哭的是被纵容的做闺女的日子一去不回，听起来也是不搭，哪里和哪里啊！可内里却有几分相似，都是离家；

都是陌生的村庄和陌生的人，在她们，甚至连身边那个男人都是陌生的；都是艰难的生计。谁不是父母生父母养呢！过许多日子以后，方才体悟这同声相诉，同声相泣中的知己之心，在当时，却是委屈与怨怼，怨这同情将自己纳入她们那样的人生，那是我无论如何不能面对的。

过早走入人世的哀戚，是有危险的，它让人染上抑郁症，终身难以彻底治愈。它确实给予生活的教育，可代价太大了，不能因为成熟了某一种理念而忽略更大多数命运蹈入不幸。回首那段往事，我会想，倘若先知道后来的发展，并不像预期准备的那样无望，我会更充分地体验经历，不让烦愁遮蔽眼睛，然而隔岸观火就失去真情实感，启蒙也变得虚假。这就是现实的时间性，事情的先后都是安排好的，给你什么样的顺序就是什么样的结果。

黑土地，北大荒，却是与母亲送我的《勇敢》接近着，所以有人称它“西伯利亚”。知识青年聚集的农场更像是学校生活的延续，保持有集体和理想的激情，歌哭都是浩浩荡荡，不像我们，青春在哀容之下，迅速苍老。然而，人生的课题或迟或早都会来到，来得早历练也早，来得晚，多享一些未成年的快乐，却也可能错失成长的时机。这么说来，就扯平了，生活在总量上都是同等的，只是如何分配不同。文章中有一篇写到，宿舍屋顶坍塌，几十个女生被埋，经过救援，将伤者送进医院，作者忽写道一句：“难道我们真的还要在这片黑土地上无休无止地折腾下去吗？”这个清醒的发问标明即将告别青春，大历史的传奇性终要消退，余下的是由个体自己负责的命运。辉煌的场面逐渐灯火阑珊，生活裸露出恒常表面，也许是黯淡了，但自有其合理和规范，是社会存在的基本秩序。

去我插队地方的路途是，乘火车到蚌埠，从车站到码头登船。反过来也是，坐船到蚌埠，再搭乘火车。蚌埠是京沪线上的大站，往来车次很多，我们搭乘最多的是上海和“三棵树”之间，我至今也没有去到过那个叫作“三棵树”的地方，听名字仿佛一个传奇。年节时候，火车经停蚌埠站，车上已座无虚席，挤满黑龙江的知青。中途再上去我们这些安徽的，只能跻身走道和车厢衔接处。行李架也让他们占满，饱满的旅行袋里多是北方食粮，甚至还有成捆的木材，相比之下，安徽知青的行囊可是瘪多了。就这样，我们带着各自的经历和气息，殊途同归，一起抵达家乡上海。

2014年3月5日　北京

（《知青回眸引龙河》，沈国明主编，

上海人民出版社2014年版）

走马看花

曹可凡的主持人身份，使他有机会漫游世界，看到许多奇观。也正是因这身份，使他不可能看到奇观下面的日常生活。日常生活虽平庸，却是有人的常情，所以就有人性，奇人奇事就有了内心活动。而现在，曹可凡很难看到这个，他只能走马看花。这本书，就是一本走马看花的记录。

可是，这也很好看呢！因他走过的地方多，看和记的也很勤恳，所以就也能长见识。有一些地方，本是不大起眼的，可是却侥幸和重大的事件沾上了边，于是，便染了历史的尘埃，看起来就两样了。比如，布鲁塞尔的"天鹅餐馆"，马克思和恩格斯就在座中写了《共产党宣言》；还有位于城郊的滑铁卢小镇，便是著名滑铁卢的战场。如今，它们沉静于安宁长久，又略有些庸碌的日常生活，真能听得见时间的汩汩流淌。走的地方多，难免会有一点小奇遇，比如，在佛罗伦萨歌剧院看歌剧，隔壁包厢里坐的是著名歌手安德烈·博切列，一位盲人音乐家。于是，曹可凡就和一名偶像搭上了话。还有一种相遇更为奇妙，怎么说呢？似乎是，虚构性质的邂逅。就是在威尼斯岛，走进六百年之久的丹尼尔饭店，推门进去，似曾相识。却原来，法国作家普鲁斯特的《追忆似水年华》，第三部中，描写的巴黎郊外一家旅馆，其中的陈设都是它。

这本书里，南美纪行是比较更好看的。大约不是通常有机会去，而且了解多，准备足的发达国家和旅游地，所以就有着不期然的印象。而曹可凡呢？什么无法引经据典，倒反而更集中注意于自己的看和记，亦有不期然的表现。比如，他写圣保罗，用了一个“闹”字。这一个“闹”，包含了热带植物繁盛的生态气象，包含了巴西民族热辣辣的天性，还包含了后工业时代的特性，那就是聚集了数千家企业，密度多么大啊！这个城市因此就有了表情。与圣保罗的“闹”，相对照的，是罗萨里奥的“静”。“静”也不止是无声的意思，其中有着悠闲，矜持，庄严，带了一些沉思。布宜诺斯艾里斯的景象则相当壮观。五月广场向周圈放射出宽阔笔直的大街，而类似的广场不是一，不是十，而是数百。广场，街角，剧院前，静静伫立着圣马丁雕像，这位南美殖民地独立战争领袖，从四面八方垂目着阡陌纵横的街道和车流。步行商业街，佛罗里达大街，直下几公里。白昼鲜花怒放，夜晚灯光璀璨。在此，曹可凡提到阿根廷诗人的诗名:《布宜诺斯艾里斯的热情》，“热情”这两个字，实在适用得很。

当然，我们还是不能忽略曹可凡的身份，一位电视主持人，这使得他看这些西洋景的时候，自觉或不自觉地，会以职业性的眼光。比如，在巴西，GAZETA 电视台，从进台手续到前来迎接的节目部女主任，从技术设备到节目录制，从历史到将来，都一一地看，再一一地记录。美国的拍摄札记，在介绍那些拍摄点的同时，也介绍了一个电视人的工作情形。由于篇幅较长，分量足，看起来是蛮过瘾的。还是由于他的身份，得助了外国同行的指引帮助，他能涉足一些观光项目之外的地方，比如丰田汽车公司；奥姆真理教大本营——富士山脚下的山梨县上九一色村；巴西咖啡种植园；这些地方倒是与生活有些关系了，所以，虽然是走马看花，走得多，看得多，渐渐也会接近内心了。

总之，从曹可凡的所看所记里，我们可感受到他的认真和恳切，希望能传达出一二也好的心情。那么，就让我们一起来分享他的眼福吧！

2002年2月10日　上海

（《阳光素描》，曹可凡著，

汉语大词典出版社2002年版）

同学伊拉爷

那天，去美琪大戏院后台，领票看周立波的“海派清口”。周立波当了众人，在对面沙发上换装，援臂登足，脱衣穿衣，解带系带。恍惚间岁月倏然，好像是在中学同学的家里，屋内床上的那位，就是同学的弟弟。然而，千真万确，王双庆先生就是住在前弄堂里的我同学的爸爸。大家都知道同学的爸爸是一位滑稽戏演员，可是，印象中，这位爸爸却十分严肃。有时，在她家玩得好好的，忽听一声：“伊拉爷来了！”转眼间作了鸟兽散。

滑稽戏的演员，就是上海弄堂里的人，滑稽戏呢，演的也正是坊间的生活。在我的小说里，曾经有过滑稽戏演员出场，倒并不因为那位同学爸爸的缘故，小孩子对同学爸爸总是有畏惧心，不敢多接近的。但也不能说完全不是，谁知道呢？不定是这里还是那里，受了某一个莫名的驱使。他们在我的小说里，总是现身在弄堂，无意间说出一些警世恒言，就像市井中的哲人。这大约反映出我对上海滑稽戏的一种认识，我以为它是代表着这城市的面目和性格。

《私房积噱》书中，那一则武生和小偷的故事，武生逮住入门行窃的小偷，善待一番，领他出门，即不是送官，也不是放生，而是领到后台，让人替小偷化妆，扎靠，戴帽，然后只是坐在一旁看戏，夜场完毕，问道一句，看到了吧，怎么赚钱的？这就是上海人对劳动和生计的教化。没有高谈阔论，只实事求是。滑稽戏里，尽是这样的情节和细节。书中写小翁双杰拜师，是在家中摆的拜师宴，亲自下厨，烹煮煎炒，因他原先就是一个厨师，平素喜爱滑稽戏。这个场景令人感动，即是戏外，又是戏里，点出了滑稽戏的本意，草根的人生。

滑稽戏里的那个“噱”字，在我看来，不止是招数，而是看世界的眼。说起来似乎大不敬，滑稽戏里常常拿死来作“噱”。曾经看过一出，说的是恶媳妇，从来嫌弃婆婆，盼老人早死，就在房屋拆迁的当口，要计算人口了，婆婆去世了，恶媳妇无比懊恼道，这老太婆，实在拎不清，死都死的不是时候！还有《复兴之光》里，毛猛达演的香港客，带来故人的消息，与王汝刚的那场对手戏，两人反复纠缠于那旧相好临终前的一句话，刚要说却咽气，刚要咽气又回过来，复又要说，几次三番，台下早已笑翻，实是有些冒犯常伦。还有近日看的《今朝困不着》，祭奠亡妻，是在偌大的镜框中嵌一张小小的报名照，也不合时宜，可在滑稽戏里，就是可以。我一直记得，老作家秦绿枝在报纸开专栏，其中有一篇是纪念一位患胃疾病故的老友，他说这位老友腌制的咸菜特别可口，是难得的美味，老友的胃疾也许就和这份口福有关系，咸菜吃多了呀！痛惜自然是痛惜，可到底是为了自己的喜好而减寿，也没什么话好说了。这就是上海俗世里的人生观，不是文人墨客那样感时伤怀——“眼看见起高楼，眼看见宴宾客，眼看见楼塌了。”这样的情调，在上海滑稽戏里一概全无。王双庆先生的这本书中，有一节题为“老娘舅寻死人”，说饰演老娘舅的演员李九松为师傅范哈哈办丧事，将遗体弄错的一段轶事。说来是荒唐，可荒唐里却有一种豁达，也是属人生观的。

这样的人生观，你都可以说是“骨头轻”，然而，就是这“骨头轻”，所应付过来的人间浮沉，却是相当沉重的。只要看看书里的那些篇章：“杨华生在‘牛棚’”，“偷看日记”，“一记耳光”，等等，就知道这轻佻里的严肃，“噱”里面的韧劲。其实不是苟且，而是对反复无常的世事的不屑。所以，你才能明白，“袁一灵往事”里所写，“文化大革命”中袁先生创立的唱段《金陵塔》，被联系于国民党反攻大陆：金陵是南京的别称，而南京是国民党的都城；“金陵塔”的十二只角暗指国民党党旗上青天白日的十二只角；唱段中的“天上七颗星，树上七只鹰”，影射国家七位领导人……面对如此逻辑，袁先生还有什么生路？手铐都戴上了。可是，袁先生就活下来了，“袁一灵还是袁一灵，金陵塔还是金陵塔”。也有挺不过来的，比如《三毛学生意》里，饰演三毛的前辈文彬彬，可是，他留给了我们笑声，快乐着几代人，那可说是天堂里的笑声。

或许，这就是草根的生命力，在社会的底层，最接着地气，奋力地挣出头来，不能纳入轨范中，就在三教九流里讨生活。上海滑稽戏里的人物，要是在正统的京剧里，大约只能是贴了白鼻子的丑，幕间上台说几句插科打诨的话串场子，可是在这里，都是正儿八经的角色。算命先生，账房先生，关亡婆，黄包车夫，宁波投机商，山东巡捕，奉帮裁缝，七十二家房客，爷叔，娘舅，亭子间嫂嫂，现在周立波又加入一种，叫做“打桩模子”。他们当然离精英差得老远，不能超越一己之念而有远大的理想，人生的喟叹大约不过是“看电影”中，不能尽兴而发的牢骚：“做人真没有意思”，可是，就在这短识短见里，亦有着真知真觉，是本着基本的道德良心，在共生互利的生活中形成和遵循，也就是现实社会里普遍的价值观，在任何变故中，保证着我们不会消沉于虚无。王先生的书，所写都是滑稽生涯里的一些小事，却可以让我们窥见这一剧种的特质，它是上海这城市的一种生态。这种生态，被后殖民式的上海想象遮蔽着，也被流行性的上海符号遮蔽，但它其实一直存在，一旦有时机便露山水，如今，不是有了一个周立波吗？

2009年7月12日 上海

（《私房积噱》，王双庆著，

华东师范大学出版社2009年版）

纤纤女儿心

叶沙说的那句读《红楼梦》的错觉：“以为真有那么一大家子人，年深月久生活在一起，”很有趣，于是，便也依着这句话想去：倘若叶沙也在这“一大家子人”里面，她与谁最好？我断定是晴雯。她写晴雯那一章，我以为是全篇中最激动人心的一章。其实年轻时读“红楼”，是会觉得不过瘾的，因太含蓄。古时读书人，即便如曹雪芹这样的才子，也惟恐滥觞，就总是蜻蜓点水似的，留下无穷余地，让人自去回味。叶沙写晴雯，却是一下子揭去遮盖，无论是“道学”，还是“好了”，一概勿论，只道出热辣辣的实情。整部文章，叶沙多是先引大段的原文，然后再夹叙夹议，常常叙比议多。大约与她在电台里做读书节目有关，要和听众共时态分享阅读的经验。在“晴雯”，她似乎越来越忘记读和听，有一股子冲动使她挣出原文的束缚，晴雯这一个人，便从曹雪芹的文字里活脱出来，成了叶沙的一个闺密。她用樱桃小丸子作比，彼时彼地，但同有一种天真，是叶沙时代的共识。事情还是那些事情，在叶沙的复述中，却变得更为强烈。比如补裘，叶沙写晴雯“自觉活力无穷，耗损时才这样毫不吝惜”，不过做个针线，却是一股脑豁出去的劲。这“不吝惜”又与情有关，这就是叶沙最与之心连心的地方。宝玉探病，在曹雪芹窥破世事人情已然冷静，惟有一个“憾”字，则被叶沙读得汹涌澎湃，这是有些现代人的情怀，就好比用樱桃小丸子数钞票比作晴雯撕扇子。民主社会里，什么得不到？命中无份的都死缠烂打地要，该得的不得如何咽得下去！叶沙说：“死生暌违之后，要再相逢该怎么办呢？”这就像李碧华的《胭脂扣》，如花和十三少共赴黄泉，要约好一个日子。如此自由的精神无奈被阴阳界定，怎么不痛煞人了！这一节写得轰轰烈烈，非是感同身受万不能这般哀恸。所以我说晴雯是与叶沙最近的一个，那么最远的一个是谁？是妙玉。

叶沙对妙玉，满心里都想与她好，却好不起来，是一种敬而远之。她不能像对晴雯，直指胸臆，而是需要许多暗指和隐喻：海棠花，梅花雪煮茶，绿玉斗茶盅，给宝玉送生日贺卡，再借另一个人的款曲，这人就是岫烟，一旦写到岫烟，叶沙不由就活泼起来。常常是这样，粉丝和偶像不能单独相向，必要有一个第三者，气氛才松动下来。叶沙写岫烟和妙玉要好，就像是说，我虽和妙玉做不成朋友，可我的朋友与妙玉是朋友，由此，就对这位朋友格外起了敬意。叶沙写岫烟，也是现代人的眼睛：“生活如此挤压，不如意之事在所难免，”却依然从容镇定，和妙玉娴然相处，对宝玉也无一点畏缩。说来也奇怪，照理“闲云野鹤”应是妙玉，可曹雪芹偏把这四个字给岫烟，似乎对妙玉这个人别有一番用意，是人们猜度不到的。从现有的篇章看，妙玉实在乖僻得有点诡秘，越热情越拒之千里外，非一个槛内一个槛外，这个抽象的尺度只能在概念上理解，实际上无法操作，叶沙也只能托人托物。但当从黛玉这里入手，却又局促起来，直接就引诗文，难免是隔的，因黛玉也同样是难以亲近的。

说到这里，我发现，这一部《细读红楼》里，占篇幅最多的是婢女。最主要的两个姑娘，黛玉和宝钗，没有设专门的章节，倒是迎探二春各占一章，而她们都是庶出。是不是因为闺秀们都是矜持的，不能说没性情，而是喜怒不太形于色，就比如第六十五回里，贾琏的心腹小厮兴儿向尤氏姐妹嚼贾府里的舌头，说到宝黛二姑娘，一个是“多病西施”，一个是“雪堆出来的”，一口气就吹倒吹化了。叶沙为宝黛共写的一章里，两人就是与宝玉一起参禅悟道，都是些纸上官司，终于参完了，叶沙自己也好像松一口气，怡然写道：“他一笑认输，黛玉她们也就不再逼他了”，这才回复小儿女态，但和好如初亦不过是喝喝茶，聊聊天，多少是乏味的。倒是那些丫头，没经过多少教化，爱恨都是裸露的，行为也大胆佻跶，和叶沙比较投缘。我本来期待叶沙会写一写紫鹃，因我自己很敬重这个丫头，觉得她仁义，但叶沙没有。她显然偏向宝玉房中的丫头，大开大阖地写了晴雯，甚至于小红这样没多少戏的人物都有一章。再一想也有道理，宝玉可说是大观园这富贵场温柔乡的中心，多少情缘都是从他身上牵出，与黛玉之间有男女大防的忌讳，和丫头间却是刀枪相向。小红自然比不得晴雯，难有机会和宝玉发生故事，只好把眼光放低，瞄住贾芸。这一低可就远去十万里，这一段都入不了情怨司，不期然倒写出了一个春秋大战的局，原来宝玉房中还是个小社会，如同当今办公室政治。叶沙到底不愿让水做的女儿异化成个“禄蠹”，于是循着脂研斋批中的片言只语，为小红设计了一个侠骨柔肠的结局，就是当宝玉受困狱神庙时，大义授之援手。百折千回，终究结在一个“情”字上。

同样的偏袒也在探春，其实探春的心机要比小红深许多，对生身母亲同胞兄弟可说无情，叶沙却对她无限地理解。叶沙对大观园里的女孩儿总是痛惜，痛惜她们的身世，遭际，用情之深到头却一无所报。叶沙特别列出的，无论主仆，又都是命运更不济的。探春让叶沙倾情，也许还因为她是姑娘中性格最为鲜明的一个，还是由身世决定，对什么都反应过激，又扯得开脸面，无产者失去的只是锁链，自有一番痛快。

一群女儿中间，叶沙却给刘姥姥单开一门，是《细读红楼》中一个谐谑的章节，有些不和谐，但也就这一节里，女孩子们显出活泼俏皮。纵然身处在不可测里，青春总是可喜的。尽管极短促，不一时便落花流水，可丫头们是不自知的，就让她们在懵懂中享一点快乐，好在有黛玉葬花，为她们全体凭吊。再次描绘欢聚的场面，就是在最后一章“寿怡红群芳开夜宴”，是大团圆的结尾。大观园里，主仆们共聚一堂，行令喝酒，猜谜唱曲。这大约是叶沙最满足的一幕，都是她喜欢的人，都在兴兴头上。深宅大院里，其实是不合法的派对，黛玉所说“夜聚饮博”，宝钗也说“这已是破格了”，许是暗示一切成规即将颓圮，哗啦啦大厦将倾。然而，就如叶沙说的，这是“最美的”一个小梦，有些像张爱玲，溃散的人世里捞一根稻草。她特别留意到宴散后的告别，“依依惜别，一送再送”，也不是吉兆，好像再不能见似的，叶沙就要留个想头：“夜未央，不知还有多少后人在梦中结庐”，这就不像张爱玲，而是像晴雯，真是“不甘心”啊！

2009年12月15日　上海

（《细读红楼》，叶沙著，

华东师范大学出版社2010年版）

我看孙小琪

上山下乡中，孙小琪插队落户的地方，与我同在一个区域，安徽北部。现在回想，知识青年也是分群落的，赴边疆建设兵团的大多比较豪迈，插队落户的则是现实的。大约也是由所在的地理环境，风土人情，以及劳动方式决定。在兵团的青年是以集体为单位，似乎依然在学校的生活里，浪漫主义的情怀还未分散瓦解，插队落户却已走入社会，面对生计和人生。尤其是安徽北部，土地是贫瘠的，人口密集，灾荒频仍，农人们成年为衣食忧愁，还不像江西，虽然也是贫穷的，可至少有清明的山水，有爽脆悠扬的山歌，而淮北，连民谣都是凄楚的，比如凤阳花鼓：说凤阳，道凤阳，十年倒有九年荒。在那灰暗的日子里，知青不免也染上了戚容。每到年末，黄河以南，长江以北一带的京沪铁路沿线，就都簇拥着表情凄惶的青年们，大包小包，里面装着秋收分得的旱地作物，落花生、芝麻、黄豆、山芋……带回家佐食拮据的餐桌。这些孩子，因涉世较早，就又多是顾家的。当火车鸣着汽笛驶进站，他们即刻抖擞起来，随着列车全速奔跑，一转眼，将车门全封住了。简直是个奇迹，从佳木斯，或者乌鲁木齐，抑或三棵树发出，早已超载的列车，停靠不过几分钟，人和包裹竟然都上去了。显然地，他们经过生存的争夺，变得强悍与粗砺。无论来自何种背景家庭，此时，他们都有了一股底层人的气质。上山下乡的知识青年中，我以为淮北的那一群，就是知青社会的底层。

曾经有一回，我托一起在县里开积极分子代表大会的女生带东西回上海。这女生并不与我同校，也不在一个公社，她在知青中称得上率先人物，我与她谈不上有多么接近，但那时候就是这样，凡是知青总是一家亲、见面熟，托来托去是常有的事。我写信告诉家里她的名字和住址，我母亲便循了去取东西。到她家，她泡了一杯白糖水招待母亲，使我妈妈喜欢而且感动。我觉得，孙小琪就像那个泡糖开水招待同学家长的女生，是在那枯索乡村和县城荒漠的新开路上，还有气氛酷烈的京沪沿线，涌动着的青年中的一个。她在书中写的一些人和事，也就是在那既落魄又奋斗的表情底下的命运。

真是令人欣慰，走过如此荒凉的青春岁月，孙小琪还能有求学深造、事业有成、恋爱结婚、生儿育女的人生旅程，我不单是指时间的余裕和机会，还是指心劲。再有，孙小琪是一个基本保持对社会正面观念的人，在50年代出生的一辈，所受教育难免是教条的，她显然又不是那类社会适应不良症候群，而是与周遭环境相谐调的性格，经历过动荡颠簸的时日，人之常情竟然能够完好如初。书中写女儿的那一辑是最轻松可爱的一辑，读来十分有趣。小孩子的细枝末节，唯做母亲的才会有体察，并且视若珍宝，好比坊间说的“瘌瘌头儿子自己好”。一旦写出来，就又不止是自己好，而是大家都可共享了。女儿托养在农家，那一派粗野的快乐；遭遇世事时自我解围的识相，又好笑又让人不忍；还有做母亲的心情，那被迫放下冗务，抱了女儿撑伞站在雨地看街景的一幕，当时是焦虑无奈，过后想来或许却是无比宽解，其间有一种静谧，只有天地、小孩才会生出的。

这种幸免于泯灭的天性是来自对生活恒常性的清醒认识，还是女性更强大的或者说盲目的自然本能，无论天有理地有理到头来还是它对，也或许要归回个人的性格。我最喜欢的是书中那一篇“一盏灯，二两油”，一人独在异乡，去邮局领取家信，信中说的是妹妹病情，乏资又乏术，一个人再走过收过秋的田野回村，天色向晚，终于黑到底，所住茅屋里，有邻家的桂英等候，没有多话，一并熄灯就寝，诧异桂英的善解同时，孙小琪这么写道：“我也诧异于当时的我似乎经历了很多很多，竟然这么快就睡着了。”也许就是这，生命的原动力，在某些人身上虽然表现得不那么声色，可却十分结实可靠。它们常常是在潜伏的状态，甚至你会觉得它们缺乏自我意识，总是在观看别人的戏剧，慷慨地给出赞叹。事实上，就在这谦逊的“看”里面，蕴藏着极大的能动性，它可抛开自己，投向更远更大的目标，所以它才能看得到那么多的人和事。即便在身罹疾患的时候，孙小琪还能有余暇看周围，看见她的病友，“自己来”里那个“三床”，柔情似水，可也真是硬得起来，说她长得像邓丽君，我倒觉得像梅艳芳，《胭脂扣》里的，可与情人共赴黄泉结阴缘；又有些像怒沉百宝箱的杜十娘，当断立断，一千年一万年都没走样的女人！还有“一二三”里的俞自由，又是淮北的知青，和“三床”的人生大相迥异，可最终也是一个女人的身子，挺到挺不住，大哭三声，再接着挺下去，那三声哭其实是三声笑，笑的变徵之声。相比这些性格，孙小琪自己的似乎平淡许多，可就在这淡定中，她也在经历着生活，这生活的光芒掩蔽在别人的辉煌里。就像她这个人，总是将自己隐匿在灯影中，灯下的人正因为有这样激赏的眼睛而越加丰姿卓越，最终呢，又被孙小琪的注视包揽，收入她宁静的怀中。

2010年3月3日　北京

（《心向远方》，孙小琪著，

复旦大学出版社2010年版）

侠落平川

太行拳的掌门人李大寒，劫后余生，多年后化名李天然，再回到故地北平，实施他的复仇大计。此时，他孑然一身，太行拳人零散，不知何以。他游离江湖，坠入市井。

市井生活，如何沸反盈天，热气腾腾，洋溢着俗世风情。先说吃，北平的吃，多是烈火，烹油，大瓢，海碗。并不是山珍海味，精制细作的，而是柴米人家的口味和肠胃。韭菜盒子，煎饼果子，鸡蛋炒馒头，配一碗黄瓜肉片汤；肉骨头熬汤，放进虾米，蛋皮，葱花，蒜苗，芫荽，再下进鼓胀胀的大肉馄饨，剩下的面，就地擀一张干饼，烙黄了吃；片好的粉嫩色鲜羊肉，拣起十来叶，出屋进院子，火盆上架了鏊子，倒上去，划拉几下，六分熟，捡回料碗，酱，醋，香油，一拌，搁起脚，凑了火盆，霍拉拉地送进口；揉筋的面团，摊成一张张薄饼，卷上韭黄肉丝，菠菜粉丝，酱肘丝，熏肉丝，洒上葱末，油渣，就是春饼！这是干的，稀的是小米粥，熬得滚烫，粘稠。

北平的风情，还在于人性。就说那个关大娘，关巧红，如何解人心意。看出李天然有心事，也看出李天然有几分属意于她，却不仗着有权力，可任性，就追根究底，只是悄然悉心地一边关照。一旦，李天然张口说话，则全心倾听，听得出其中的痛楚有几许深切，尽以抚慰。温存妩媚，且有一种男风，喝酒时，不用劝，举杯共饮，和李天然有些像兄弟。李天然前去报仇，生死攸关之际，她并不瞎嘱咐，搅乱人心，是红颜知己。蓝兰是富家女，娇惯坏了脾气，天下独我。又学了交际场上的作派，自知不自知地，爱在男人身上做尝试，尝试女人的魔力。但心是善的，还是聪敏的，识得轻重，骨子里不轻薄，当认真时立刻认真，没有错过成长的机会，适时适地懂解了人事。交际花唐凤仪，情形要复杂得多，她与日本人搅和一起，被洋场恶少包养，参与着违法的烟土买卖，已经是个不干净的人了。可她心机过人，一直存着心，为自己留着路子，在强人的荫罩下偷辟出自己的生意，备下粮草，同时呢，留意着靠得上的人，日后好金蝉脱壳。她看上李天然，不仅有眼光，亦有胆略，虽然是功用心出发，也还是有些真情。像她这样男人堆里混的人，可说是千金易有，真心难得。倘若不是有真心，在她的势力和能力，是可与李天然为难一大场，可她终是放开了。李天然的那一个打火机，蓝兰给的，绕到她手里，她抓住了，又扔还给了他。李天然自是领情。这一幕写得很好，兵荒马乱的北平车站，一边送走蓝兰，一边唐凤仪扔回了打火机。这些女人，都是不缠人，不坏事，有豪气，李天然真是有些撑不住了。还有美国女子马姬，他恩人的女儿。他们像一家子的亲兄妹一样要好，因是在北平长大，竟也得了北平的风气。在美国女孩的随便放纵底下，亦有着关巧红的善解。那一个吃春饼的正月晚上，巧红随了李天然雇佣的徐太太来帮厨，李天然招来一帮年轻宾客。李天然又恐委屈了巧红，又恐流露与巧红的私情，马姬了解这一些，不动声色地将徐太太和巧红引上桌，主雇合成一片。平常浅俗日子里，练出来的世故人心，便是这些市井中人。

人心如此，世道呢？此时纷繁攘扰。国势面临危机，外有侵敌，内有奸贼，又有不义商人，乘机发国难财。连江湖上人，也与权贵日寇勾结，借外力进拳门，泻私家之忿。在此天灾人祸之时，有志之士也纷纷而起，于各自地位，背景，处境，立场，尽自己所能，与恶势力一抗。像蓝先生，因在上层，可观全局，明辨敌我，又插得进手，便可做大事要事，比如护卫张自忠将军；小舒人小力薄，可是有使命感，走的是投奔延安道路；马医生是美国人，可是从基督教正义博爱出发，自觉投身中国救亡行动；法国罗记者，是职业性地关心中国命运，但出于对北平的情感，也站到了这一边。李天然要去报那灭门深仇，结果，身不由己卷进事态，成了旋涡中的人。

李天然这一个侠客，怀揣着复仇大计，穿行在纷繁的世事中间。在漆黑的静夜里，他独自在无人的庭院里，悄悄地行两趟拳，将身心放松下来，稍安勿躁；走在熙攘的街市上，他辨认与回忆着往昔和师傅，师兄弟们活动过的地方；他托口紧的关巧红裁做几块黑手帕，关巧红玩笑说：就像夜盗的衣靠，心里不由一惊；最为动人的是，他依着师傅生前未雨绸缪，立下的约定，那就是万一有一日，太行拳门散落，初一和十五，子夜时分，在圆明园断垣上，击掌为号。

于是，李天然前一日赶往通县，找个旅店住下，夜深时分，穿上黑衣黑裤，蒙了脸，跃上屋顶，下了墙脚，人不知，鬼不晓地出得院子，潜去圆明园。这一幕如何凄清，击掌声在苍穹之下又微弱又清晰，等候回应的一刻揪心揪肺，茫茫人海天地，皆不知生死。侠离了江湖，就像落阵的孤雁，能不能，哪怕是寻到一线音讯？

然而，市井，人，时局，运行，都在暗中助李天然。烟火柴米，特别养人，脾胃调合，血气旺盛，能动能静；人呢，那样贴心，懂事，有交情，当亲时亲，当疏时疏，帮人帮在节骨眼上；大敌当前的局势中，是非，曲直，明暗，清浊，都是分明的，得道多助，失道寡助，江湖和世事，相互给了援手；到底天不灭太行，圆明园上，有了回应，师叔竟还在人世！从此，李天然坐镇北平，师叔出游四围，一个内，一个外，搜来线索，汇集起检索，去伪存真，摸到仇人的巢穴。最终，赔了师叔一条性命，却成功复仇大计，赚了一个李天然。

《侠隐》，就是写了一个人世间的侠士。

2001 年 11 月 11 日　洛杉矶往旧金山途中

（《侠隐》，张北海著，

麦田出版社 2000 年版）

刻舟求剑人
——朱天心小说印象

2002年在台北文化局，曾经与台湾女作家朱天心同台文学讲座，有听众提问朱天心，为什么在她的写作中，故事变得越来越不重要，几乎难以寻找到一个完整的故事。朱天心的回答是，好比古代寓言中的刻舟求剑，她一直等待在她的刻度上遇到一个故事。我就用这句成语作我的题目，来谈对朱天心小说的印象。

我主要是以《古都》为描述的对象，在谈《古都》之前，先说一下《威尼斯之死》，算作引言。

在《威尼斯之死》里，我看到一个写作者从一个空间移到另一个空间，寻找着能够让他从容写作的地方，就好像一个急着下蛋的母鸡，找着下蛋窝。他不知道这地方应该是怎样的，只知道这地方不是怎样的。他先是在旅居的威尼斯漫走，绕过那些著名的名胜，每一处名胜都已经在无数称颂中烂熟于心，要在匆匆中得一点新鲜的经验几乎无望，他用“践踏”两个字来形容威尼斯之行；接着是在本土东部的海滨隐居两年，时间且变得过奢，在这几近蛮荒的世界里，他的所得是写作一篇小说，却被慧眼窥见出马奎斯《百年孤独》的投影；他回到台北，台北能够提供他思想与虚构的落脚地是不计其数的咖啡馆。第一个咖啡馆，突然涌现的“大哥大”——小说写于上世纪的1992年，“大哥大”开始风靡全球，“大哥大”打扰了他；第二家咖啡馆里，维多利亚式的装修将英国文学因素渗入了写作；第三家里上海籍的遗老们的闲谈占领了他的故事的舞台……最后他终于找到一家咖啡馆：没有特别的风格，或者说拥有太多的风格，于是互相抵消，这家咖啡馆的名字叫做“威尼斯”，事情又回到了威尼斯，写作终于在这四不像的“威尼斯”艰难跋涉下去，每一种元素都是名不符实，就是这种变形给予了新鲜的假象。这是一个关于想象的难产的故事，以人们常说的“元小说”的叙述方式，不同的是没有故事，只有故事的故事，它描述了故事产生的困境，那就是几乎所有的经验的空间都已经占有，就是说“被践踏”，而且层层叠叠，压在人类活动的考古层下，都是第二手，甚至第三手，无从触及直接的原始的感受，故事的资源竭尽，刻舟求剑人将所以何？

就像方才说的，《威尼斯之死》是故事的故事，那么我将《古都》当作那个企图讲述的故事。我在《古都》里辨认着故事的面貌，我以为故事的形态应是日常的生活，是以人们的通识为讲述方式。我首先辨认出故事中的人物，那个人有时叫“你”，有时叫“我”，时间假定在写作的1996年，事情是那个“你”或者“我”，回想起二十多年前的70年代初。回忆是以这样一句话开始的：“难道，你的记忆都不算数，”于是，我们知道二十多年前的人和事都不复存在。大约和所有发展中的地区一样，个别性全湮灭在全球化的图景之下，那种自然演变中细腻的过程，所留下的小小的日常状态的里程碑，涤荡而尽。历史如此疾速地前进，个人的记忆本来只是历史的局部，可现在反了过来，历史成为记忆的局部，周期之短促，令人目不暇接。然而，在这全球化的大一统的主题底下，其实又隐匿着个别的情节，来自于共同发展中的不同命运，这些命运改变着现代化整齐划一的外形，使之涣散了。比如“你”小时候在台北这南亚城市里的小小遭际，却在二十年后，猝然出现地中海城市的开罗——一对意大利年轻夫妇带着馋嘴小孩买街边零食，你说：“原来他们迁徙到这儿来了。”你的回忆活动似乎也是生发在这两不相干的开罗行旅中。再比如，你坐在京都旅馆的餐间里，对着窗外的行人过客说一声：“回来啦”，而这个国家已经与你生长的地方断了外交关系，可是“你”或者“我”，且和闺中好友，移居美国的“A”相约在这国家的旧都见面。

故事应当是在这里展开，“你”或者“我”来到京都，等待“A”来到，相聚和叙旧，回忆的活动将不再只是以思绪的方式呈现，而是具有了物质性的情节。等待“A”就好像等待戈多，无尽地延长着。不过，有了一个具体的等待对象，终究有了较为具体的细节，与“A”的往事历历在现，再说，等待本身也不失为一种情节。就在这等待中，“你”或者“我”流连在这异乡城市，然而，奇异的是，一些在故乡遗失的场景竟不期然出现，就像在开罗看见的那一家三口。你们高中时穿着校服坐过的红砖道；年轻时流行过的歌曲；那些地方用“你”的话说，就好像“你已经过门不入好多回了，但它总是在那儿，真叫人放心”。“A”终于没有来，这种约定犹如约向虚空茫然，居住在地球两端的人，在第三地见面，听起来就很玄。没有等到“A”，却也不尽然失望，有意外的获得，“你”或者“我”对这城市的地貌和建制有了新发现，这样说吧，“若把台北古城当作皇居御所，那基隆河便是鸭川，剑潭山是东山，整个台北盆地在地理位置上便与京都相仿佛了”。这就像一个台北的拷贝，应该反过来说，台北就像京都的拷贝，只是蓝图尚存活着，而拷贝已经颓圮了。那拷贝且是以别样的方式颓圮着，就是说，在它之上覆盖着华丽的废墟——全东南亚最大的五星级酒店；繁华的嘉年华广场；一家连一家的婚纱摄影楼；“麦当劳佐丹奴三商巧福尼采精品”；“温蒂 7—11 米雪儿服饰 HANG—TEN”……都是新型的建筑材料所建成，在本土的生态上遍地开花，就好像在台湾最后一片湿地上建起重工业园区，出自谁的手？是流亡海外三十年后归来的反抗人士的手笔。开发与草创的日子尚在眼前，转瞬却成了古都，在南亚溽热的气候中，兴衰的周期难道就该如此急促？在小说进行的同时，有一条以不同字体时断时续呈现的叙写，到了终结时候，最后的一句，回到同一的字体，进入正文，陡然揭开了谜底，出自东晋《桃花源记》——“先世避秦时乱，率妻子邑人来此绝境”那一句。这才是真正的缘由吧，孤绝之地的命运。

《威尼斯之死》里难产的蛋这时候终于分娩了，是一枚思想的蛋。过于沉重和急切的叙述欲望，使故事的蛋壳变得薄瘠。情节只在单纯的等待和等待不来之间，游走和遐想，人物戴着面具，只是思绪的化身，没有姓名，没有性格，没有达成关系，因而没有事件发生。只有存在的焦虑，疑惑，检讨，无奈，情绪呈现出戏剧的紧张度，可是依然被更强大的思想控制住了，那是强大到对历史作出判断，承担使命，连思绪这样自由的载体都无法演绎出形象和角色来。文字和结构兜也兜不住，将本来就脆弱的情节的壳撑变了形。在朱天心，现实迫人，危机重重，每一个现象底下都有着无限深的历史渊源，现象显得过于肤浅，不够用的。尤为糟糕的是，在这现象越积越厚的时代，我们怎样去辨别什么才是原始的第一手的现象？小说的织体是现象，现在，我们面对的现象发生问题了，用什么去编织你？我们的小说。在朱天心的刻度之下，是满涨的水，几乎漫出河床，激流涌动，舟船没有一息的停留，与水中剑相逢，只能求之偶遇。难免地，她多少会有故事虚无主义的观念。小说里的故事是模拟生活的现实，现实是有限的，因它多是由普通人创造，而知识的思想却无穷无尽，生生不止，远远超出现实可能提供的方式，可是，没有现实所制造的庸常的躯壳，思想无以寄身。这就像灵魂和肉身的关系，没有肉身，灵魂寄予何处？没有灵魂，肉身又是一具行尸。朱天心小说就很像是一场较劲，看谁能较过谁，这场较劲终是会留下踪迹，这大约就是朱天心的新小说。

提纲 2009 年 1 月 24 日　上海

成稿 2009 年 4 月 26 日　上海

（“当代文学六十年”国际学术研讨会发言）

解　密

确如作者苏伟贞所说：《魔术时刻》是一组“魔术”，我说的“魔术”又还不是苏伟贞用意里，电影技术中的“狼狗时光”——“衔接白昼与黑夜的中间暮色”，而是真正的魔术，那就是公然展现给我们看的是一种情景，同时呢，又透露出某种暗示，暗示在表面的情形后面，还有另一个存在。似乎是，地上的花朵之下，还有隐匿的开放，其间神秘的关系，在小说里是以隐喻的方式显现，这样的隐喻方式，怎么说呢？

比如《孤岛之夜》，在选举即将揭晓的前夕，发生的一夜情，偶然的邂逅，本是逢场作戏，不料生出死生契阔的执手情义，却一瞬即逝，留下的且是城池将失的苍茫，是“倾城之恋”吗？又是又不是，是城也倾了，恋也倾了，这两者之间的因果链接断裂了，取之替代的是什么关系？相互的映照吗？比如《魔术时刻》，言静和成群，相隔一弯海峡，几千里陆路，在常伦的婚姻边缘，挤出一道狭缝的情欲，最奇异而刺激的是在摩天轮上肌肤相亲，雨天中的摩天轮除他们两人外，没有别的乘客，但地面有一个售票员，他们只能在摩天轮升高到十二点方位，五秒钟的时刻苟欢。尽管有这样的“魔术时刻”，这爱恋还是与其他同类型的男女关系一样，落入无果，独留下一个飞扬的刹那，凸起在寻常之上，闪烁着光芒，是要点醒什么呢?《倒影小维》就更暧昧了，父亲和姑妈，我和小维，无常的离聚，纠结了打散，打散后再错接，错接又拆开，你中有我，我中有你，只有归回到那一帧旧照片上，方能各就各位，井然秩序。虚空茫然中，究竟是一个什么样的命运，主宰着照片上的家族呢?《候鸟顾同》，可说直接就是错乱的故事，包含有两重颠倒：顾同本是一重性别倒置，令人吃惊的是，他竟然与她——一个处于成长期的少女，还未来得及显现性征，可是他又怎么能了解她的内心？或许是因为了解，才行使爱情霸权主义，强行将她倒置。她企图将颠倒纠过来，回到各自的原位，结果是什么呢？背叛和离弃。为寻找真正的伴侣，不惜自伤而入精神病院。颇有意味的是那只被叫作“二分之一”的鸟，得名于她正等待一个百万小说大奖颁布，得与不得的几率为五十对五十。那阵子，窗前常有鸟叫，不知是何兆，于是就称它“二分之一”。这个名字恰似暗指，指的是自己的另一半，不知在哪里，什么时候，需怎样的契机，合二为一。但要是以为小说的隐喻在这里，似乎又不够，她与顾同的离奇关系，内中的倒错里，自虐和他虐的关系，远不是一个“二分之一”够得上指认的，因此，另有机关所在。《老爸关云短》，这是“魔术时刻”中最为清醒的一刻，祛了魅似的，事情是以“显学”的方式体现，常态性的叙述在一连串的幻觉中却变得突兀，就好像梦久了，以为醒来才是梦似的，于是就成了梦魅中的梦魅，魔术中的魔术。徐徐道来的往事，切肤可感：从未涉足的原乡，至亲中的两隔，是抒发，又好像指涉题外的什么，是作者别有用意吗？暂时在阅读上打一个结，等以后再来解开。接下来，魔术又来障眼了，这一回化身为电影，《以上情节》，宝圣，没有父亲，应该说，父亲是有的，却不能见光，是见光死。如此，存在就变得模糊不确定，于是，到电影院去，在恍惚的影像中，虚构一个身世。可是，即便这样虚无的存在里，宝圣也挡不住要成长起来，谙熟世故，免不了对影中人的训导："我们只有这个世界，现在的这个"，发表严正的异议："你错了，我们连这个世界都没有。"倘若透过影像，伸出手去，摸到的是什么？坚硬的墙体，抑或柔软的荧屏，无论坚硬还是柔软，都是结实可靠的物质世界，怎么能说没有呢？宝圣说的"没有"大约是指另一桩东西，不止是个体的具象的人生，这人生哪怕有缺陷，也还是摸在手里、存在心里的啊！真正遗失的缺席的是什么呢？这是又一个谜语，魔术其实就是谜语。在《使者》，写实的叙事性又好像回来了，安南随母亲回原乡去了，可到底不是如《老爸关云短》那么肖真，小说最末一句："安南站起身的时候已经长成现在这么高了。"这可不是一个巨型魔术吗！而那一路上的水汽朦胧、烟雾弥漫，更是一个大幻术，将虚和实混淆互换，这就是安南的原乡，一个大谜语。《日历日历挂在墙壁》跨越安南的旅程，直接到了过往的日子，时间隧道是魔术中连接真实与骗局的机关。这个旧式家庭的老故事里，我最留心的是那个"冯冯"，她就像那类灵异故事中的偶人，一张永不长大的娃娃脸，没有意志，却又无所不达，时不时地作祟，但等阿童来到，便附上肉体，嵌入长幼尊卑的排序。可那阿童，难免罩了冯冯的魅，而且会洇染，带了一大族人都变得飘忽不定了……

每个故事都有一种不完整性，就是说在事情的某一部位呈出遮蔽的状态，比如《孤岛之夜》，女主人公到底也没听清楚周伟属哪个党，支持对象是谁，我们都知道，就她不知道；《魔术时刻》里那一对男女也是身世模糊；《倒影小维》呢，真是只看见倒影，小维的命运，就像小说里说的，“经过他们这样错乱的打岔”，余下的是印象的碎片，不知以什么原则来组合它。事情总是呈出一个缺口，但这缺口不是那缺口，而更像一个通道，通向另一条路径。就像魔术师的诡计，将要你看的给你看，不要你看的蒙蔽起来，就像《候鸟顾同》里那只“二分之一”鸟，先听见声音，再看见它，随后呢，事情又变得可疑，出现的是同一只鸟吗？《老爸关云短》，事情还原到自然状态，不由小说家操纵，可还是隐匿着罅隙，比如老爸教“我”游泳，问道：“在你的身体和水之间，是什么？”再比如那原乡的树种，桦树干上的眼睛，“非常非常非常非常……深邃的生命内里”——可以视作一种修辞法，亦可以归作风格，含蓄，而我宁可以为这是一条秘密通道，通向另一个，俗话叫作“形而上”的所在；《以上情节》整个故事都是在虚实间来回进出，却又假亦真时真亦假，是以那一条说明揭露的：“以上情节纯属虚构”；《使者》里的同行者小洁，没头没尾的故事，莫测的性格，看不见路数的前途，是要人猜的谜底，谜面是什么？又是一个大缺口和大断裂：“安南站起身的时候已经长成现在这么高了。”《日历日历挂在墙壁》，臆想的冯冯和实体的阿童之间，潜在未明的昏暗……没错，那遮蔽住不让我们看见，被魔术的机关锁住了的，是什么样的真相？

首先必须要找到那把开锁的钥匙，遍地搜索，事情颇有些类似《以上情节》，“以上情节纯属虚构”这一条说明如今不再出现在片头和片尾，于是，“有一条裂缝分明缝合起来”，可是，再精明的手艺人，总也不免留下一个接头，陶土胚子在转轮上转啊转，那收梢的一点转进均匀的螺旋纹里，到底有那么个针尖般的线头。每一个魔术时刻，都会有蛛丝马迹，或者一个动作，或者一件器物，抑或是一个背景，暗露端倪——《孤岛之夜》里的龙舌兰酒，喝法是“左手虎口洒了细盐，就是柠檬片”；《魔术时刻》，没商量的，就是摩天轮；《倒影小维》中的家族旧照片；《候鸟顾同》里的“二分之一”；《老爸关云短》是什么呢？写实的自然状态似乎将一切隐喻都排除出局，或者是《三国》故事？或者暂时没有，略过去再说；《以上情节》是电影；《使者》里，是那个旧地名“晴隆”；《日历日历挂在墙壁》是冯冯……回过头去检索一遍，都对得上，惟有《老爸关云短》不那么贴切，《三国》故事是砌在整个讲述中，是老爸心事的借题，作为隐喻缺乏一定的孤立性，换一个说法，故事太完整了，没有先前说的那个缺口——就这个结捋不平伏，然而，不期然间，却有了惊天发现，原来，原来，《老爸关云短》本身就是一个大隐喻，是《魔术时刻》的暗扣，魔术的机关就在魔术内部，钥匙就在锁里，这是变幻的原则！于是，豁然间，谜语全都解开。所有那些缺口，全被这一个大缺口收复了。

在那倾城之恋、摩天轮的苟欢、旧照片的魅影、倒错又倒错的情欲、电影的光影交互、雾蒙蒙雨蒙蒙的晴隆、日历上的纪实与虚构……其实都来自于那个命运的深渊中——距离原乡越来越远的归程，追溯往昔越来越近的去路，鬼附身的前生，见光死的后世，徒劳无益的往返，无处归向的爱、义、恩、怨、愁！可是，谁知道呢？也许我解的只是我的阅读的谜，在伟贞那里，还存着一个她的书写的谜，是决不让外人接近、触碰、释解、破译，我们只能看和想象，却无法为它命名。

2011 年 6 月 5 日　上海

（《魔术时刻》，苏伟贞著，

人民文学出版社 2011 年版）

归去来

蒋晓云这十二篇小说，分开来各自成立，集起来又相互关联，比如：《百年好合》里的女主角是母亲金兰熹；《女儿心》是女儿陆贞霓。第三篇《北国有佳人》另起一路，商淑英出场了，但那个恩客黄智成看来怎么有些面熟？不就是陆贞霓的先生！与商淑英舞场邂逅，轰轰烈烈过后，回到父母身边，然后与世家陆氏联姻；商淑英离乱中的知交翟古丽则在《凤求凰》中正面亮相，演绎生平事迹；与黄智成的非婚生女杜爱芬的罗曼史又独立一章，名为《珍珠衫》；那个不起眼的小丫头，商淑英的表妹应雪燕，原是替表姐顶缺，进舞场挂牌，到了《昨宵绮帐》，早已经大红大紫，富商陆永棠做她的恩客，陆永棠这人曾记否？正是金兰熹少她五岁的老公——顺便说一句，众星捧月登台的应雪燕悲情，却让妒妇金舜美后来居上，于是，一幕伤感剧转变成严肃的成长小说。《凤求凰》中，翟古丽的女儿琪曼将尾上的那个梢继续下去，成为旖旎的《红柳娃》，《红柳娃》尾上的梢，宝宝，不知道将延到哪里去，总之，事情远远没有个完！接下去的《朝圣之路》里的安太太，显然是金家“舜”字辈的姐妹中的一个，《百年好合》的金兰熹本名金舜华，居长，《昨宵绮帐》的金舜美最幼，居中的金舜蓉，之子于归，金、陆两大世家外，又多出一个安姓。安家有一双女儿，安静和安心，再有一个前房大妻的儿子亦嗣，三人各有一段，属安静的是《朝圣之路》，安心是《人生若只如初见》，亦嗣呢，略往后推一推，他的母亲辛贞燕，“五四”眼睛里封建婚姻的遗物，其实不过是人世间的苦命，即便是弃之如敝屣的遭际，也还是有值得念想的珍爱，就会有一段《独梦》，然后才轮得到亦嗣呢。长在时代的畸裂中的亦嗣，演出的是校园情事，本来是青春剧，类似“那些年，我们共同追求的女孩”，可是拖尾久了，进入到庸碌的中年，于是成《落花时节》，这也是蒋晓云的小说观，总是从长计议，有时会发生嬗变，也有时，传奇回复人生本来面目。《蝶恋花》又为安心的故事添上一笔旁枝，主角是郭宝珠，郭宝珠的女儿郭小美应是与《红柳娃》中宝宝同时代人，故事也是在母亲的收梢上开头，隐逸于茫茫。

犹如套曲，一曲套一曲，曲牌如海。这是外形，内容来看，这里的人且出自一个族群，盘根错节，也就是渊源的意思了。开牛肉面铺的翟古丽是草根，可皇帝也有三门草鞋亲，那近代资本主义，不是胼手胝足苦做，谁又上得财富榜，跻身上流？何况又有一个更强大的命运，笼罩社会各阶层，那就是离乱。

这些故事，无一不是从原乡起头，拖曳他乡，有时在地收手，又有时归去来，就更令人感佩了。《女儿心》开篇时，陆永棠越洋电话买进卖出，离土几十年，依然搭得着脉动，草莽中起家的第一代生意人，嗅觉最灵敏，闻风而动。越过计划经济时期，再度复兴市场的上海，多少有些回到源起的日子，带着蛮荒的气象，正对陆永棠们的路子，适逢其时。电话那头的中介商，就算是人称“老克勒”的人物，怀旧领新，也要亲力亲为，才跟得上趟。《北国有佳人》中的商淑英，是在七十大寿之际，随旅行团重回故地上海，凭窗而坐，举着高脚香槟杯，同团的年轻人觉着眼前的老太太比实地的上海更为“上海”——“雍容华贵”，事实上，她的一生倒是和窗下90年代满城的土木工地相似，粗砺和坚硬，不惜摧毁，最终又建设起新的价值。《朝圣之路》的安静，离开美国踏上回乡路，那一个瞬间，可说归纳总和两代人飘零的心路，时间忽然倒流，汹涌奔来。自从与父母走出内陆的家门，几聚几散，几走几停，几回下马，又几回拍鞍。一个小孩子，哪里识得了惶悚与颠沛里的历史变迁，只有依着本能，将自己收缩起来，以为最安全。即便是个大人，所谓和命运奋争，有多少出于自觉的选择？那些盲目的主动性，只怕伤自己伤得更惨。

《昨宵绮帐》里的金舜美，比安静长十岁，已过二十岁生日，就比单纯的孩童多一重烦恼。待字阁中，一无所措，眼看青春荒废。这一篇倒更合乎“女儿心”的题名，倘是以舜美作主演，然而，方才说了，舞台追光里的人是应雪燕。应雪燕本是陆永棠的藏娇，然后一箭双雕，射中两颗青年的心，一个是空军飞官，另一个还是空军飞官，一个钟情于她，另一个被她所钟情，一个为她守志，另一个则是她为他守志，占尽人间情爱，却又极无辜。最多数女子的感情经历却是匮乏以至贫瘠的，体面地将自己嫁出去，几乎是古今中外的普适价值。简·奥斯汀笔下的那群没有嫁妆的女儿，张爱玲笔下一大群，蒋晓云这里又是一伙——金兰熹，就是金舜美她同父异母的大姐大，因是继母不好管，生性又强势，有一些像张爱玲《金锁记》里的曹七巧，曹七巧好歹有哥哥替她作嫁出去，奋斗是从婚姻中开始，金兰熹的争取要推得远一步——这也是蒋晓云有叙述的耐心，追根溯源，源头找到了，说不定接下来的事就不是预定的那一个，而是旁出去，成为另一支，就像《昨宵绮帐》，我怀疑初衷是作应雪燕哀史，结果推出的是金舜美——金兰熹自筹婚事已经算得上悲壮，且不论减去五岁年龄的窘急，只说走出深闺，担当钢笔公司广告小姐那一着，当然不是受启蒙，挑战封建家规，革命的性质却是一样，风险则更上一筹，不定收获新式婚姻，但肯定回不去旧式了。不过，社会到底空间大，机会就多，不是有照相馆开票的女职员被电影公司发现，最后成明星的？小家小户的女儿比较不容易被耽误，也是这缘故。金兰熹这一着还有一些些像张爱玲《倾城之恋》，白流苏跟范柳原去香港的险棋，都是豁出去的，也都成了，是她们有运气，还因为世道还未大乱，事物的理数尚存，所以有志者事竟成。轮到舜美，情形就不同了。

可怜她跟了哥嫂和大姐夫的“小三”，这一队组合本身就不伦不类，阻在旅途，稍纵即逝的豆蔻年华无限期地耽搁下来。生在富家，而且是暴富，没什么根基，不及立规矩。舜美又是排末，“奶末头”常常不大靠谱，一是宠溺，二是父母上了年岁，监管不力，难免失教，再加上兵荒马乱，改朝换代，更顾不上，由她自生自灭。这舜美绰约有一些儿曹七巧女儿长安的影子，不通常情，看不懂形势，最终错失大局。长安的命运是放任自流，舜美略有不同，也是蒋晓云和张爱玲不同。她的人物族谱与张爱玲的某一阶段上相合，就像方才说的，要追踪的远一程，然后呢，拖尾再长一截，好比是张爱玲人物的前生今世。张爱玲攫取其中一段，正是走下坡路且回不去的一段，凄凉苍茫，蒋晓云却是不甘心，要搏一搏，看能不能搏出一个新天地。是生成血气旺，更是生辰不同，越过时代的隙罅，视野逐渐开阔，有了生机。因此，金舜美就走出长安的窠臼，砸锅卖铁，到底挣了个铁价钱！一人拉大一对儿女，又自养自老——“从前让人背后叫‘十三点’的上海闻人金八爷的千金小姐最后变成了一个健康独立，对一切有规划的老人。”蒋晓云就能将事情坚持到最后，决不中途退场，倒不定有大团圆等着，而是水落石出。读她的小说，就过瘾在这一点，她不会让期待落空，要说，这期待也是她给出的，给出的期待越高，兑现的任务越艰巨。情节的陡峭，非一般能量对付得了，要洞察世故，要叙述策略，要想象力，不得已处，就凭蛮力上了。这几项，蒋晓云都具备。

《北国有佳人》里，商淑英的一生，哪一段都可以打一个结。恩客黄智成离开上海去香港，太平洋战争爆发，天时地利都可以不回来，作为小说也可以成立，一百年前就有《蝴蝶夫人》，可黄智成偏偏回来，再续前缘。恩爱难抵父母之命，几番周折只得协议分手，给出的条件有金圆券，美金，金条，还有去台湾的船票，这就有意味了：漂泊，聚离，不归，歌里不是唱“这一张旧船票，能否登上你的客船？”就此打住亦有余音缭绕。可还是不然，过了海峡，故事所向披靡。想也是，商淑英还年轻，还得继续往下走。可是，小说并不为真实的人生负责，而是攫取要义，加以虚构，成作者自己的果实。蒋晓云的手笔却是阔绰，称得上豪奢，攫取的内涵大，虚拟的体积就要增量。其实，海峡这边的情节，在那边就安下了楔子，所以并非单纯的加法，而是因果相衔。那楔子的名字叫做老张，老张的进行式里，又楔进老贾——事情悬了，不留神就落入类型小说，言情加特工，叙述的体量里往往潜伏着陷阱，要守严肃文学的节操必拒绝诡黠的诱惑。此时此刻，商淑英都摸到老贾床上的枪了，剑已出鞘，何以回头？然而，蒋晓云气定神闲，刀刃行走如履平地，老贾其人渐去奇情，显现严酷现实，那就是外攘方平，内战又起，海峡相持，南北分离……“北国有佳人”的“北国”二字有多少家国情仇，老贾的北方乡音仿佛是无限的隐喻，其中当然也有枪的机锋。蒋晓云至此并不放过商淑英，逼她再上一程，“淑英感觉自己像故事里遇鬼的书生，次日清晨醒来看见昨夜的亭台楼阁变成了土丘荒冢，”这就有点儿张爱玲的遗韵了，可新一代的作者只稍稍沉溺一小会儿，紧接着便咬牙奋起。时势逼迫，末世的悲凉，在具体境遇不免是奢谈，相比较之下，曹七巧白流苏们的苦衷几可称为闲愁。这里的女人可都处于存亡之际，前者还是“下坡路”，后者可是临悬崖之危。张爱玲为苏青画像，世故的眼睛仿佛在说：“简直不知道你在说些什么！大概是艺术吧？”这也可以用在蒋晓云身上。蒋晓云有几分苏青的结实直率，除去个人性格，也有时代的原故。

《百年好合》居小说集排位之首，大约有提纲挈领的用心，更可能是，作为全书大结局的预告。百岁寿筵上好命的老太太，众星捧月簇拥着的亲朋好友，一个接一个登场亮相，演绎各自故事，不论尊卑贵贱，全有始有终，功德圆满。又好像循着盛极而衰的自然物理，生命达至辉煌之后，就有下降的趋势，一代逊于一代。金兰熹，商淑英，应雪燕，翟古丽，自是不消说了，堪称巾帼中的英烈。甚而至于屈居“冷宫”的废妻贞燕，一旦到关键时刻，也出其不意，安置了独生子亦嗣。舜美略晚生，吃亏就大一些，最终成长起来，却付出惨痛的成本。到下一代，声色逐渐平淡，商淑英的女儿爱芬，有些像金舜蓉家的安静，小小年纪流离失所，改了性子，所幸有强悍精明的母亲，为她们作规划，只是顺从应变，结果柳暗花明有了新境界；亦嗣的处境复杂一些，除去流离之苦，还有身份的不确定，这样的孩子保持平淡性格许是最安全，但青春总是焕发的，无奈转瞬即逝，复又偃旗息鼓，归入庸常中年；最让人戚然的是安心——《人生若只如初见》，这一则故事可借用《红楼梦》某一回的题目，就是“尴尬人难免尴尬事”。安心的脾气有些像她的小姨舜美，都是排行老小，娇惯成性，婚姻家庭一团糟。但舜美糟得响亮，爽脆，轰轰烈烈；安心则是滞涩的。舜美的男人同是异乡飘零人，几近亡命之徒，不是鱼死就是网破；安心的男人是在地的本省人，就有投诚与收编的意思，安心像是半蝶半蛹，一头在空虚茫然中游离，一头已着土生根。迁徙中的悲壮激烈平息下来，日常生活静好是静好，却也是沉闷的。安心的“小三”欣玲，何其乏味；安心的男人银俊何其乏味；安心自己呢，在爱和恨里，照理应是戏剧性的，依然是乏味，乏味！

说到银俊，就又有一段枝蔓，名字叫作《蝶恋花》。银俊婚前罗曼史与郭宝珠，是本书中惟一一对本省男女。银俊家是从台北近郊菜农发迹起来的企业主，郭宝珠则是他家台湾中部的远亲，进企业做员工。这一对小男女的恋情是纯肉体，也是纯情，如同小猫小狗一般，两相投合，如胶如漆，一刀下去，各归各所，是草根的清新和利落，另有一番生机，是不是作者别有用意？他们的私生女郭小美，还有韩琪曼与志贤的私生女宝宝，小说中最新的一代，同是私生的身份，又在暗示着什么？她们还有一个共同之处，就是对往昔不存丝毫眷顾，一味向前。那宝宝为生父的仕途着想，到竞选现场亮相，代母亲忏悔，做“剃光头”仪式，出演这一场台湾民主政治的“中国秀”可是有条件的，就是父亲送她出国留学。宝宝回家后对外祖母翟古丽说的一句话，也是有意味的，她说：“姥，以后我出国发财了，带你去麦加！”“姥”的称呼是北方话，麦加的朝圣者是穆斯林，这一路多么远啊！是漂泊人生的继往开来，又是改弦易辙，另起篇章。凭蒋晓云展现出的叙述的膂力，我们有理由相信她能够兑现承诺。

2013 年 3 月 11 日　北京

（《百年好合》，蒋晓云著，

新星出版社 2014 年版）

香港的说梦人

多年来，西西和她所居住的地方，香港，保持着静默的距离。她似乎有一种奇异的能力，就是不让自己蹈入香港的现实，而是让香港谦恭地伫立在她的视野，任她看，想，然后写。这是一个虚构者和现实世界的典型关系，不是唇齿相依、痛痒相关的亲密的性质，反是间离的，越行越远，最终至于海市蜃楼。它是真实和梦境的关系，而文字将此梦境固定下来，使之免于消散和流逝。

我想，西西的梦又和真实的梦不同，她不是在睡里进行，相反，她是以抗拒睡眠来进行的，就像《飞毡》里的某些人物，肥土镇的天文台长，他的朋友——一个“在纸面上飞行的人”，美丽的少女花艳颜，他们都是有幸看见飞毡，甚至乘飞毡飞行的人——所以，连西西的梦都是虚构的。香港是这样一个充满行动的世界，顾不上冥想，如西西这样，沉溺在醒着的梦境里，无功无用，实在是这世界分出的一点心，走开的一点神。所以，西西其实是替香港做梦，给这个太过结实的地方添一些虚无的魅影。

梦里的世界总是变形的，这点，西西的梦和真实的梦相仿，眼睛摄入的事物到梦里，就变成另一种情形——成人都变成孩子，有着天籁童贞；孩子呢，则成了先知；事态的演变不是循既定的逻辑，而是依人的心智，就好像上帝说要有光，就有了光；繁荣盛事呈现出苍凉的底色；寂寞的心却像花一样开放；古人穿越时间隧道寻找近代的旧相识；今人则溯流而上古觅求知音；空间打开新的维度，又关闭了旧的……而无论如何离奇怪诞，它最终又一定能镶嵌契合，自圆其说，合为一体。

这个做梦人有着怎样的眼睛和头脑呢？她似乎另有一种原理和逻辑，还有能量，可将原有的世界全散为互不关联的碎片，它们四处飞扬，旋转，忽然之间，各就各位，一下子携起手，组成一个全新的世界。或者换一种说法，如弗吉尼亚·伍尔芙描绘艾米莉·勃朗特："她朝外望去，看到一个四分五裂、混乱不堪的世界，于是她觉得她的内心有一股力量，要在一部作品中把那分裂的世界重新合为一体。"这个世界不定比原先的合理，却更合乎人道。这个世界也不定比原先的坚固，它甚至相当脆弱，但是，它有着异常的亮度，多棱地照射，激起反光，交互相错，发出魅惑的引力。

在突厥国度的果鲁果鲁村里，编织飞毡的手艺其实很平常，可却年经日久失传，还因为地处偏僻失传，又因为进化中的变异中断遗传。可是就有那么一些人，幸运地保留了这个禀赋，于是，她就变成自由自在于芸芸众生人世之上飞翔俯瞰的那个精灵，将暗沉沉的梦魇化作良辰美景。

2005年12月12日于香港至上海KA800航班

香港人

书中有一节“在情人节的夜里读《断背山》”，引张爱玲的话：“像我们这样生长在都市文化中的人，总是先看见海的图画，后看见海；先读到爱情小说，后知道爱；我们对于生活的体验往往是第二轮的……”我想，马家辉的这本书，很像是用来诠释这段话的。

这里大半文章是写电影。电影这东西，和人生何其相似，因它是象形的艺术，象形到了物质化的地步，如“王家卫的暗号”这一节，马家辉强调出的那些暗号：《爱神》里的手和臂；《2046》里的笔尖——“几乎看得见墨水滴下”；《花样年华》里如潮如涌的旗袍……“暗号”两个字也用的很对，指出其中确有机密。所有隐藏着的情欲，困顿，虚无，起用的就是这些物质性的密码。马家辉在此表现出特别的解码的能力：电影《长恨歌》里，滚水注入杯中，茶叶漫飞翻腾，顿时，泛起故事的氤氲；即便是鬼戏《犀照》，魅，亦是物化作一支犀烛，唤来的是人间晴暖；最高级的是蔡明亮《爱情万岁》，结尾处女主角在一动不动的镜头中哭了十分钟，这已经象形到了连时间都是一致的，直接使用自然时间的积量形式，可说是大隐无形，马家辉也解得出来——“就这样拍出那股天愁地惨”。我以为他解的最有质量的是韩剧《雏菊》，从文中方才知道，导演是香港人刘伟强，他写电影中的杀戮场面——“香港导演向来擅长处理高低对射的驳火场面，我常怀疑这是否跟香港人的城市经验不无密切关系。”这就解出了暗号中的机关，这机关不止是巧妙，而是有一些人世的沧桑。

香港这地方，楼宇依山矗立，重重叠叠。想象久远时，未填海平地，今日电车道，均海水回绕，楼房就像礁石兀立，人就是居在石的峰和壁上，真有一股险意。待到华灯齐放，便是层层障障的光明，天上海里，美得心惊。这大约就是张爱玲“华丽却悲哀”的出处吧！这里的嵌在水泥蜂巢里的人生，你说是“如蚁”也可以，但就是这些“如蚁”的力，一点一点积起来，到了一定的量，便以几何级数增长，长，长，再到一定的量，产生质变，终至沧海桑田，实是雄壮的。这雄壮必是宏观地看，析辨到个体，则多是屈抑的，甚至是严苛的现实。所以，我只是这么猜想，香港与电影特别投契，电影可从香港攫取最物质的“暗号”作艺术的外相，哪个城市像香港，壅塞着如此多华丽和悲哀的细节，几乎是垒起来的；香港呢，则从电影中演化自己的人生，使之变成艺术。

马家辉对电影《长恨歌》的极大遗憾是没有“鸽子”出场，鸽子的缺席使得其间的人生少去了临高的“看”的眼；“王家卫的暗号”里，他在在提示隐匿的意象，那大约是因香港的人生其实是裸露的硬扎的人生；那原先步步规限的纪律，有着许多的不可能，到了《花样年华》，由梁朝伟说出“原来系会唧”；香港的人生只来得及前瞻，便在《犀照》里后顾；人是屈着手脚努劲，《艺伎回忆录》中小百合在庙宇的高梁之下奔跑，脸上表情的“激昂亢奋”，何其痛快淋漓……在“爱情的色素”篇章中，马家辉提到英国人John Bayley写其妻，哲学家、作家Iris Murdoch，说：“她对居住的地方缺少了一种认同感，她的小说——她经年累月不停地创造的世界——才是她真正的居所”，这有些像香港和电影的关系。香港似乎也是在为自己创造一个心理的居所，而且，我们不得不注意到，马家辉谈这一对夫妇，亦是从一部电影出发的，就是改编自Bayley回忆录的《爱丽丝的情书》。“一九五九”一节中，马家辉谈《戏梦巴黎》，有这样的一句：“他们在电影里辨认生活，也在生活里实践电影”，说的是《戏梦巴黎》的三个年轻人，其实也像一句自述。书中的自序“永恒的黑暗——我的戏院简史”，几乎是可当作他的传记来读的，我们看着他如何从东城的电影院出发——奇妙的是，东城戏院前身竟是殡仪馆，灵异传说中的鬼魅就像是他的先祖，他呢，便有了来历；从东城出发，然后沿兰杜街丽都戏院——这家戏院却是人间烟火，似可意味他进入世事；再往西去“东方”、“京都”、“国泰”；接着越出了湾仔，往碧丽宫；最后离开港岛，异地求学，渐渐淡出电影院。这一幅地图还标记着：卡通里的米老鼠，宾尼兔，金银岛；再是风花雪月的《三笑姻缘》、《一帘幽梦》；然后壮士史诗《英烈千秋》……一个香港男孩就这么成熟他的腿脚和心智，进入辨别是非的年代。我想，马家辉起先真就应了张爱玲的那句话，他对于生活的体验是“第二轮”的。张爱玲的意思大概不是说都市人缺少生活，而是指都市里的物象太多太满太拥挤，它们难免会遮蔽生活的本相，而这种遮蔽有时候是受欢迎的，实打实的生活在物象里淘一淘，就像泥坯上了釉，粗砺的外层变得光滑，甚至有一些鲜丽。马家辉写张爱玲与胡兰成，本来是异禀，到了男女之情里面，也都没什么区别，可是文字将一切都异化了，化成了艺术，多少委屈和受伤，“低到尘埃里”，但是，“从尘埃里开出花来”。还有，“小酒馆”一节，说纽约一间日式小酒馆，收费甚是高昂，不止是因为日本艺伎，上等鱼生、清酒，还有一流服务，重要的是，酒馆女老板的传奇身世——客人们既可有传奇享用，又身处安全，人家的阅难，在陌路的人是美丽的闲话。这些也是从电影谈出，电影是《艺伎回忆录》。马家辉的人生心得，大都可在电影、小说的文本中找到出处。

这本书中编进一篇小说，是惟一的虚构文体，名《悲哀城》，以书信体为结构，说一个从事报业的先生，在香港回归前夕，深感大时代中小人物的无足轻重。我觉马家辉，或者小说中的“我”意欲习张爱玲的《倾城之恋》，写在大局变迁，人生茫然之际，苟且地弥合夫妻关系的裂隙。可是《悲哀城》里的男女皆比范柳原和白流苏坚决和独立，于是“倾城”而不“恋”，和张爱玲分道扬镳。从中是可透露马家辉的一些变数，他似乎要挣脱摹本，进入第一轮的生活。不过，这挣脱因是在虚构中，于是还是第二轮的，原本的第二轮则推到了第三轮。而且，有趣的是，小说中的“我”，大部的心理感受都是出自文本，比如弗洛伊德；比如活地阿伦；比如，海明威；还有张爱玲那“华丽与悲哀”的名句。他，文中的“我”似乎缺乏一种命名的能力，只能使用现成的代码。但是，这里确有着些第一轮的迹象呢！那种暂时还无摹本可参照，所以生辣辣的气味。比如回归追近，卡拉OK里流行唱国语歌；离港移民；股市上涨六百点；还有，读到《中国时报》上一名殉情女子，想起自己原在那里住过，不知是哪位独居的女职员……这多少有一些第一轮的质感了，来自亲历和经验，也所以一时上，没有命名，“我”，只有任它们漫流着，这漫流的部分，其实就是小说的本义。

马家辉看电影看多了，就也练就了一些洞穿的本领，就是将电影还原成现实。我喜欢第二辑中“酒吧里的笃定身影”，写的是梅艳芳。他说媒体形容梅艳芳用“传奇”二字，实是将她的生平浅释了。他说到香港60年代，现代社会的草创时期，孩子们少不得在课余时间帮忙生计，而梅艳芳是在乐园内卖唱，是凄楚的童年，幸运成功，打下自己的一爿天下。他这么写道：“所谓香港的繁荣其实就是他们的繁荣总和，所谓香港的成就便是他们的成就集合，《香港殖民社会发展史》下半部里的每粒字都是由他们用眼泪和汗水混成墨汁印写而成”……这可说是全书的高潮，华彩篇章。小酒馆的传奇返璞归真。香港，褪去华丽，亦褪去悲哀，显露出生存大义的壮美。马家辉对他追崇的张爱玲的诠释，终出了新解。

2006年6月24日　上海

（《爱恋无声》，马家辉著，

天窗出版2006年版）

地母的精神

张爱玲在《谈女人》中，提到“地母”。她几乎刹那间收敛起惯常的刻薄劲，宽仁地将“信仰”两个字赐给了“地母娘娘”。这是在奥尼尔的戏剧《大神布朗》里的地母，将垂死者拥进她肥沃的胸膛，以巨大的爱笼罩住丰产与衰亡，欢乐与痛苦，这一切存在的轮回循环。继而，她又再一次宽仁地将“地母”的精神赐给女人：“女人纵有千般不足，女人的精神里面却有一点‘地母’的根芽。”

希腊的神祇大多是住在地上，地母受到降雨的天神尤拉纳斯拥抱受孕，于是生儿育女。子嗣中最著名的一位是普罗米修斯，盗火种给人类，还传授许多技艺，因此冒犯了主神宙斯，受到惩罚。这新一代的神祇中亦有一个与地母同样职能的女神，得墨忒耳，她的名字是谷物之神，也是母亲大地的意思。她的女儿帕耳塞福涅被冥王劫走，她四处寻找，终于找见。她求情于冥府，准许帕耳塞福涅每年在地上生活九个月。这就是土地每年春，夏，秋三季活跃生产，冬季三个月陷于沉寂的原因。这些在希腊神祇族群中占高级位置的女神，都具有着生育、丰产与呵护的强大能量，她们使得世界富饶，肥沃，人丁兴旺，欣欣向荣。

曾在2000年的《外国文艺》第一期上，看到日本女作家村喜代子的小说《蟹女》。写一名女病人与精神科医生谈话，每次谈话，都安排在医生午饭的时候。医生吃着牛肉便当，总是充足的肉和饭，多而稠的汤汁，丰腴饱满的印象。而女病人描述她的所思所想，也都是量极大，并且兴旺繁殖的物质状态。她的讲述很有逻辑，循序渐进，从过去到现在，从现实到虚构。我喜欢就喜欢她的遵守规则，运用通行的常理，将事情从可能性的此岸，逐渐渡到不可能的彼岸，她渡得自然而且有效。先是小时候的偶人游戏，用纸剪成衣衫裙裤，贪婪不知足的小孩子的胃口，越剪越多。当然，这就有个现实的背景，是在大战之后，物质极度匮乏的日子里，量大，便十分吸引人了。“方舟”游戏，也是由少增多，想象身处大洪水的史前，登上了方舟，越来越多的人和动物挤进方舟。再是新年里的登山仪式，天不亮上山，日出以后，天光大明，上山的人络绎不绝，漫山遍野。接着是人口家族的不断增长庞大，最后，终于不可思议的景象来临了——她变得生育力旺盛，一抬腿一个，一抬腿一个，先是生下婴儿，然后是牛，马，羊，牲畜。她再也无法抑止生育的欲望和能力，由她生下的人与牲畜也在热情地繁殖，这一个幻象有着地母的壮阔美丽。小说中对量的热衷，由量带来的狂喜，由于起初的匮乏时代作前提，所以并不给人以无节度的惊恐，而是心满意足。这一种生产与容纳的能量，很叫人感动呢！

明代张岱《西湖梦寻》里的“三生石”，其实也含有着些孕育的美感，不过是以简代繁，浓缩的量。三生石故事出自苏轼的《圆泽传》，说的是唐朝小官李憕的儿子李源，自从天宝年间安禄山叛乱中父亲丧生，一改原本纨绔习气，“不仕，不娶，不食肉，居寺中五十余年”，与寺中和尚圆泽结为知交。有一日，两人决定一同出游四川，李源意见是从荆州走水路，圆泽却要走长安旱路。李源不同意，因他已和世事斩断往来，怎么可以再去京城呢？圆泽坚持他不过，沉默了一会儿，说道：“行止固不由人”，便随他一起去荆州了。船到一个地方，看见岸边有一个女人，挺着大肚子提水，圆泽叹息说：“我不愿意从这里过，其实就是为了她。”原来，他应当是这女人的儿子，怀胎已经三年，因他不到，就生不下来，今天既然到了，便逃不脱了。两人于是依依分手，圆泽嘱他三日之后来见一面，然后第十三年的中秋月夜，杭州天竺寺外，再见一面。当时读它，只觉得精灵古怪，像那类老保姆爱说的阴阳转世村话。到了近日，上海博物馆七十二件唐宋晋元国宝展，其中南宋梁楷《八高僧故事图》，就有《李源、圆泽系舟·女子行汲》一帧。图中那女子，虎背熊腰，脸部天方地圆，极像一个剽悍的男人，可却有着一派气定神闲，几乎称得上娴静。此时，方领悟这转生途上，女人的沉着尊严，无尽的耐心。找一个汲水女人来承担着艰巨的孕育任务，大约是因为，惟有乡野间，听命的粗作女人才经得起的。所以，地母的相貌，往往给人壮硕，粗野，虔诚的想象。那样重量级的，才有容度。

冯梦龙编纂的《挂枝儿》里，有一支“惧内”，以丈夫的口吻说他家悍妇：“天不怕，地不怕，（连）爹妈也不怕；

怕只怕狠巴巴（我）那个房下。我房下其实（有些）难说话，他是吃醋的真太岁，淘气的活罗刹。（就是半句的）话不投机也，（老大的）耳光儿（就）乱乱（的）打。”满纸都是诉苦，苦中却有着些甜美的卖弄。“吃醋的真太岁，淘气的活罗刹”，是骂，也是喜爱。“老大的耳光就乱乱的打”，可是痛快，响亮，敢爱敢恨。台北散文家舒国治先生，有一次谈到什么是理想的城市，他认为首先必要四季分明，冬天极寒，夏天需要热死几个人。他想象当年的长安，定是这样感情强烈的都城，那里的女人，打起孩子，噼里啪啦，爱能爱到把男人活活掐死。要的是大起大落，大开大阖，幅度大，和感伤主义完全不沾边的。村妇的娇憨，实是相当性感撩人。当然也不是不缠绵，像《诗经》“国风”的“氓”一首，写乡里的弃妇，诉怨无情无义的丈夫，不由要将事情从头道来。想那人当初如何殷殷切切，定了婚后，自己的心便属了他，看见他就欢喜，看不见他便“泣涕涟涟”。结成连理的快乐甜蜜则是伴了懊悔的告诫，深感沉溺爱情不能自拔如何难堪，懊恼着，不免就有些絮叨，诉这些年的辛苦，对夫家的忠诚与劳作，可所得非所报，换来的竟是丈夫的负心。复又怀念青春姣好，两情相悦，一波三折中，忽戛然而止，陡地下了决心：“反是不思，亦已焉哉！”意思是：既然翻脸无情，毫不念旧，那就一刀两断，拉倒算数！就此一改哀怨的局面。在四字一句到底的格律里，哀婉是古朴的，决心也是古朴的，看起来有些简单，可是后来几百年几千年演绎来演绎去，这故事的大纲要领似也没有大变，最上乘的结局依然是它：反是不思，亦已焉哉！

美国现代舞之母邓肯，写她的自传。前半生的惨淡经营，倒不是最难的，再是一无所有，还有青春可骄人，而她当然又多人几样，天资，上进的性格，好运气，生又逢时，于是，便得收益。辉煌的成功令人目眩，名声，美丽，光荣，爱情，什么都是她的，几乎是独占，但也不会有羡妒，因她已是天人，非常人可比。人在此境，本是看不清天地的久远恒长，直到真爱上的情人却与她的学生暗中爱恋，方才发觉，弹指灰飞间，已站在了人生事业的后半段。她的做法也是那八个字：反是不思，亦已焉哉！她一走了之，去了苏联教授现代舞。这一举要比《诗经》中的中国女人难得多，不止是情爱而是一整个人生。她是在巅峰上，忽就俯身望见谷底，原先大抱大抱的收获要一件一件让出去。人世中最难亦最好的品质，其实不在争取，而在争取之后再让。这让不是博爱主义者施舍与自美的德行，而是充分的大度和明理，还有真正的乐观。就像地母能生育，亦能容得下死亡，懂得“夏天，秋天，死亡，又是和平！”像得墨忒耳，找回女儿，亦不过只要求一年九个月，那三个月留给了冥府阴曹。

我还很喜欢一些民间小戏里的女英雄，比如，前些年看的扬剧《王昭君》那里面的王昭君，生一张丰腴的圆脸，大眼睛水汪汪，说一口扬州话，乡俚的美艳。此处的王昭君，并不为远走塞外哀伤，也不怎么发愁民族共生的大计，她最为苦恼的是可汗的内弟不高兴姐夫续弦。而内弟的妻子又正是可汗的妹妹，也就站到丈夫一边去了，共同给新嫂嫂脸色看。看到四大美女之一的王昭君竟然有三亲六戚，真是高兴得很。后来，王昭君亲自来到可汗亡妻的墓前，主持了墓碑的揭碑仪式，才安抚下弟妹，被接纳为家人。民间说史就是这般好看，家长里短的，要说少见识，可想想也不出这个理。王昭君不嫁人，倒是清静美人，最终不就还是个白头宫女。出了嫁，自然就有姑舅，那就要处理和解决，缠进家务事中。用不着雄心大略，可却是世故人情，有着做人的志趣和温暖的。大美人盘旋在俚俗琐事中间，真有点“地母”的形容呢！小善变成了大喜，大善化整为零，撒播人世间。没有丝毫嫌弃，都是她的所生所养。

张爱玲在《谈女人》一篇中，说到《大神布朗》，“奥尼尔以印象派笔法勾出的‘地母’是一个妓女”，这妓女会不会也是《海上花》，长三堂子里的“姑娘”一类的？看侯孝贤拍摄的《海上花》，睡过去，醒过来，终是不了解如此精雕细刻，要做成一件什么东西。问艺术顾问阿城，他的回答总是王顾左右而言他。在香港张爱玲研讨会上，听编剧朱天文谈《海上花》拍摄，记住的是还兼美工的阿城的一句话：“没有用的东西要多”，还记住侯孝贤令女演员练吹纸捻子，要练到烂熟。统是这类细节，而我迷茫不得知的，似乎早已经显而易见，无须再提了。一直到去年在高雄，偶遇诗人蒋勋，在和式小馆吃铁板烧宵夜，再一次鼓起勇气问道，方才得到正面的回答。蒋勋说：你要知道，在旧时代里，中国有钱男人有妻有妾，不缺女人，那么，他们到妓院里去找什么呢？电影一开头，人家在玩，王老爷却一人向隅，在怄气。在家，讲的是举案齐眉，谁敢给他们气生？他们到长三堂子里来，找的就是平等相处的居家过日子。换句话说，旧时代的男人的家庭生活，其实是相当概念性的，而在这里，却是活生生的生活。阿城要的“没有用的东西”，刘嘉玲们学吹纸捻子，还有侯孝贤追求的，油灯灯光从缎面上滑下来的室内效果，力图营造一个日常家居环境，而这华丽的颓靡的格调，其实暗示出虚拟的本质。这样说来，这些女人们，就真有些创世纪的“地母”的意思了，她们凭空筑起一个男女平权的巢穴，既要有真实家庭的外部细节，比如媒妁之合，食宿起居，眷属邻里，还要有假想的带有乌托邦色彩的男女关系。

读这五位女作家的散文，不禁就会想起这些“地母”的人间俗世变相。她们麻缠在俗事俗务中间，却透出勃勃然的生气。她们的精力一律格外充沛，而且很奋勇，一点不惧怕人生，一股脑地投进去。经过偌长岁月，都有了阅历，吃过各样苦，但没有受过侮辱，所以，精神就很挺拔，还很天真。她们每人都有一张亲友眷属的网，就像蜘蛛一样，耐心勤劳地爬织，缝缀。这网是她们的负荷，也是她们最强劲的攀着物，否则，这世界便空虚了，而现在不，她们很充实。充实得都有些少闲情，感时伤怀也是实打实的，不掺水。于是，就掂出了分量，不是深刻的那种，而是质地紧密。

散文其实难有职业的散文家，要是散文家，同时最好也是个实践家，然后衍生出材料与感想，落笔成文章。这些人我就钦佩她们这一点，勇于实践，又都具有旺盛的感情滋生力，再有庞大的容量。这些散文，散开来看看没什么，集在一起可真有些聚沙成塔的意思，很惊人呢！要照农人的说话，就是这地劲足得很。她们生长的年代也很对她们的脾性，怎么说呢？就是事多，跌宕起伏，使她们比别人得享多几倍的生活，反过来又养育了她们的吸纳力。她们经验与情感的能量很大呢，难免会有点杂芜，可是不怕，她们兜得住，经得起，扛得动，岁月淘洗，自然会洗出真金。她们又使我想起简·奥斯汀小说里的女人，那些女人们永远为一个问题焦虑，就是如何嫁出去。她们因为没有陪嫁与机会，耽在闺中，翘首以待，惊恐地看着人生一日一日枯竭下去。她们可真是不同，她们都有着丰肥的人生，苦辛甜酸，均成养料，植种出“地母的根芽”。

2003 年 1 月 15 日　上海

（“上海女作家散文精选丛书”，

云南人民出版社 2003 年版）

七月在野，八月在宇

这套丛书所收是上海作家协会专业作家中，绝大部分写作小说者的长篇小说，希望能够代表我们的写作。上海作家协会专业作家制度始于上世纪1985年，那是一个文学的繁荣时期。经过荒芜的十年，又经过百废待兴的几年，其时，停刊的期刊复刊了，关于文学本质的论争突破了最初的关隘，老作家重新拿起笔，新的一代则初露锋芒，文学奖项诞生，批评日益活跃……十年的彻底沉寂，恰形成有力的反弹，不仅释放着十年里压抑着的声色，还将之前十七年里被删节的思想与情绪一并迸发出来。上海作家协会，这所殖民风格的楼房，在它长年失修而斑驳的穹顶与四壁之间，穿梭往来着脚步声，话语声，笑声，年轻狂妄的声音冲击回荡着。那就是我们的声音。

专业作家制度将我们这些分散在各处的写作者纠集于作家协会麾下，以防流失，谁知道呢？方才崭露的那点点征兆，许是脆弱得很，稍不谨慎，略有风吹草动，便销声匿迹，从此不再。在这一支新创的队伍里，大多是初习者，被新时期文学的浪涛推波助澜，登上舞台，同时又承当起新时期文学的主力，振兴高潮，那就是知青作家。所以专业作家制度的建立，不止在于对写作者负责，还是对新时期文学负责。叶辛，竹林，赵长天，王小鹰，陆星儿，沈善增，蒋丽萍，陈村，我，倘要算上后知青时代的阮海彪和孙甘露，在此长篇小说丛书，占到百分之七十以上，可见出知青作家人数之众，比份之高，在文学图景中身影之活跃。

在70年代与80年代交替之际，也是新时期文学发轫之初，叶辛的《我们这一代青年人》和竹林的《生活的路》，可说是领知青文学风骚。如今回过头看，或可看出认识与表现上的浅陋，然而，一场规模巨大的政治运动，终于显现出较为具体的细节。知识青年上山下乡，覆盖在政治意识形态话语之下，其中个体的生活形态及命运，只是流传于坊间巷里，此时，却诉诸文字，以小说的形式，生出另一种叙述，是更为生动，更接近事实的真相，也更包含同情心。这场背景于"文革"大时代，波及全社会的运动，人们的遭际多少具有着普遍性，于是，便在极大范围内引起共鸣。每个人都在小说里找到自己的影子，听到自己想说的话，反应是极其热情的。在这普遍性底下，更深刻的差异，也就是这场运动所涉入历史、社会、人的复杂性，则要等待之后更长时间的开掘，在此，事情刚刚开头。

这两部作品并没有入我们的丛书，叶辛，选的是他后一部知青题材的长篇《蹉跎岁月》；竹林，则根据她本人的意见，选《女巫》，这又汇入了另一个文学潮流，将在后面谈到。其实，叶辛的写作，基本不出知青生活的领域，我说的"知青生活"，不仅指描写知青自身，还是指插队所在乡村里的人和事。1980年，我与叶辛同学于中国作协第五期文学讲习所，也就是后来的鲁迅文学院，常听他讲述下乡的故事，讲述中有一个情景，一再出现在眼前，那就是他在山村小学上课，教学生们朗读普希金的抒情诗，他读一句：秋风来了！孩子们跟一句：秋风来了！——他一直非常遗憾他教不会他们普通话，他们是用山地话念：秋风来了！一位19世纪俄国诗人的诗篇的中国译文，被贵州山地话朗朗的吟诵，是经过何种途径传递的启蒙啊！这情景可象征知识青年上山下乡运动最富理想的一面。在最初的伤痛与控诉平静下来以后，我们多少获有了理性，能够较为客观地看待我们的经验，我们的经验随之扩大，面向更为广阔的生活。

《蹉跎岁月》里那一伙上海学生，背负着他们各自的历史，这历史包括父辈遗下的阶级地位家庭出身，自小生长的城市给予的教化养育，以及“文化大革命”中的遭际，来到了百万大山的腹地，安家落户。主人公柯碧舟的负荷尤为沉重，他的父亲是一名历史反革命。这一个污点在他们集体户内，当然也受到了歧视，但是却远不如邻大队的上海知青杜见春来得反应强烈，因为杜见春出身于干部家庭，将自己视为革命的正传，社会的主流。尽管对柯碧舟有特殊的好感，也不能使她跨越阶级的隔阂。而对出身于同样阶层的苏道诚，她却本能地趋于认同，并不计较他道德上明显的缺陷。于柯碧舟无疑是摧毁性的打击，他本来寄希望这个看来不同寻常的姑娘能带给他不同寻常的际遇，事情却并无转机。可是，非常戏剧性地，这一种肤浅的阶级观念很快被接踵而至的厄运质疑了，杜见春的父亲在进一步深化的运动中被逐出革命队伍。于是，她的地位急转直下，在了社会的负面，原本为理想主义驱动的插队落户，此时变成惩罚。从处境到认识，她的世界分崩离析。先后来拯救这两个沉沦的男女的人是谁呢？是山村姑娘邵玉蓉。在这个偏僻的山村里，固然也有着象征性的阶级斗争，以大队革委会主任左定法为代表，但起主导性作用的依然是质朴的世故人情，即便是阶级斗争，最终还是归为善与恶的对决。邵玉蓉无疑是一个完美的体现，她的人生观——“劳动换来蜜甜的生活”，对柯碧舟杜见春身处不得已的境遇，不谓不是化被动为主动的良药；她的道德观，其实是最基本的，却被政治斗争搅浑了，这时发现还是它最辨是非；她的感情也是最自然，那些城里来的人，不已经不自然了吗？就靠她去伪存真。小说的结尾是杜见春的父亲官复原位，他们一家重新回归社会的正统，可杜见春经历了嬗变，毅然追随柯碧舟，回到贵州山村，“驶向初现春意的大自然中……”

这是一个浪漫的结局，很难用现实去检验它的合理性，事实上，多年后，叶辛又写了《孽债》。那被遗弃在西南乡村，长大了来上海寻找生身父母的孩子中间，不定就有柯碧舟们的儿女。然而，那一份青春热血依然是可纪念的。我并不以为叶辛矫情，我们这些知青作家中，他是最迟归来的，他最对异乡异土认同。有一回，《收获》笔会，登峨眉山，人们挽袖掖襟，扶杖牵绳，他只在上衣胸袋插一柄牙刷，抱了胳膊对群山说一声：我们贵州有的是！插队的生活在他许是得了柯碧舟们正面的教育，留存下温煦的记忆，也不排除对命运的驯服。相比之下，陈村的知青写作，则要尖锐得多。

陈村最先引起注意的小说，就是描写知青生活的《我曾经在这里生活》。这一个短篇小说在当时知青文学的宏大叙事里，以个人经验的视角呈现独特的面貌。它并不负起对这场运动的价值评定和社会批判，它关心只在其中的人，个别的渺小的人，在他们根本无法知情的历史中，微如草芥的欢喜悲哀，生活的严肃性并不因此放过他们，他们依然面临了爱、生存与死亡的大事情。这是对知青生活的审视中一双别样的目光，它着眼点不大，但是深邃。陈村收入丛书的长篇《从前》，看起来有些像是从《我曾经在这里生活》扩展出来的，无论是哪一种元素：故事，情节，细节，思想，观念，感情，都由小至大，由轻至重，由简至繁，体量的增加最终改变了存在的性质，它的面貌变得庄严和肃穆。我还注意到《我曾经在这里生活》的结尾是凄楚的，留在农村结婚成家的昔日恋人小文死了，“我”在小文墓前发誓：“永远不再踏上这块土地”；而在四年之后写成的《从前》，女生小风最终还活着，与“我”温柔地告了别，“我”乘船离开曾经生活的地方，心中涌起的感情是悲悯的：“在这块不甚富饶的土地上，生活着千万个后财，他们在这里繁衍生息”。“后财”是“我”插队村庄里的乡人，在这充满怨怼的经历过去多年之后，我们终于可以平静到留意乡人们的生活。我们在那里只是“曾经”，他们却是过去和将来。

《从前》里，所有的人物只分成两类，乡下人和城里人，其他的社会属性都退去了，或者说变得不重要。“我”这个城里人正在向乡下人蜕变，身心都起着抵抗。他经不起一点诱惑，略有提醒便奔回上海，不顾车马劳顿。在上海，他过的是一种知识的生活，一群年轻人，拉帮结伙地，聚集着谈诗论文。这些诗与文，于他目下的处境，其实是轻佻的，可正因为此，才可缓解现实的沉重。还有爱情，也许都谈不上是爱情，只是朦胧的一些儿吸引，也可疏松一下结实的生活。在那个非常时期，这城市谈不上华丽了，可依然是光滑与润泽。柏油马路，掩在灯影里的小楼，嵌着洁白的纤巧的闺房，而他们又还没有走进人生，这城市便以它表面的亮度来蛊惑人心。对照于此，乡下的景象就是灰暗的。贫瘠的田地，泥泞的村路，凌乱的屋舍，狡黠的乡人；劳动是艰苦的，农具似乎从天工开物之始再没有变革过，挑战着文明进化以后的人体；超负荷的承重，水土不服，身上长着疮；没有电，没有娱乐，没有书籍……可是，不期然地，大自然崭露出壮观的景象，那就是田地里的收成——“大地真够奇异的，那一粒粒谷子，居然真的长成了稻子”，他写道：“我向来的大地概念，是用来承载重物。比如房子、汽车、人。”但是这些并不是从大地长出来的，现在他看见大地里长出了稻子。这稻子又不单是自己长出来的，而是经过人的驯化，它们与人“相依为命”。这也是文明，这文明比上海城市里的文明更为本质，更接近起源，也更感性。乡下终于给城里人上了一课，在抗拒中完成，它最终也没有驯化城里人，这一种异质的动物，但是，它裸露出生存的严肃性，还是震撼了城里人。当“我”病重，在公社卫生院暂缓危急，然后送回上海，乡人们前一晚便来到镇上，在黎明时分抬“我”走向码头，打着马灯，“就像一支出殡的队伍”。这个场面无比庄严，带了一种神谕，那就是，生命不可轻薄。

从时间上说，《从前》写作的1983年已是在知青文学大潮的余波上，现实中，知识青年多已回城，四散于社会，汇入更广大的人世，继续积累各自的历史。上山下乡的记忆，在我们的生活中，渐渐被新的经验覆盖，同样，在我们的写作中，它也趋于弱化。比如沈善增的《正常人》，这一部自传性质的小说中，知青的经历是作为成长的一个阶段，置于“我”从儿时到成年，再到结婚生子，也就是从人子到人父的过程。和个人经验和性格有关，也和其时文学写作面向开阔有关。在这部小说中，知青的生活并未被着力渲染，在它身前背后，是连绵一片的城市市井的风俗图景，那是生机勃勃，意趣盎然的图景，里面有着一种比任何时期的意识形态都更为长久的价值，它的生动性甚至超过这长篇的成长主旨。在这片图景之下，知青生活不是说褪色，而是融入进日常状态之中，成为人生的遭际一种。市井就是有这种通融的能力，以不变应万变。小说中的阿爷，可说是一名市井英雄。

我很喜欢写阿爷的那一笔，就是阿爷对《浮士德》的评介：“这本书好，这是经，句句都是箴言。”这个老头，出身于宁波小商贩之家，念过私塾，抗战时候跑过单帮，富裕时积攒下全堂红木家具，三年困难时期全部卖光，已经历炼得能够融会贯通各路知识和理论，虽然他无法将自己的一生安排得更妥帖一些，他安排儿女的生活也终是事与愿违。可他有信仰呀！他信奉观世音，他相信人到绝处自有救星，天无绝人之路。阿娘呢，就像是阿爷精神的实践者。“我”中学毕业，分配去崇明农场，由于家庭出身问题，取消领取棉花票补助，大吵一场无果，回到家中诉苦，阿爷嘱阿娘陪“我”去学校说理。阿娘梳头洗脸更衣，隆重出门，走到中途却要求歇脚，坐在台阶上，然后与“我”商量，是不是不去了？意思是阿娘去了，兴许会气倒，反而不划算，留得青山在，不怕没柴烧。于是，祖孙俩又返上归途。这样变通的人生哲学，是小人物的生存之道，多少有一些苟且，可是没有失大节，基本保持精神完好。阿爷的葬礼，很有些象征性，那些琐细的礼数和差错，造成一种滑稽的效果，像是对命运的自嘲。而“我”的母亲，则有一些异数的意思，她不服命，总是在挣，却又挣得不彻底，往往半途而废，反使事情更加糟糕，人受了苦不算，最后还得在父母的荫护下过活。这是市井里失败的人生，也是市井的哀容。“我”呢，出于年轻的心，总是向往外面的大世界，于是，知识青年上山下乡，在某种程度上，成了救赎，将“我”引出逼仄狭隘的市井，使“我”的“正常人”命运里增添了一些未知的变数。

就这样，知青生活渐渐淡出我们的写作，可是这知青的身份，却成了一种宿命，背负在身。赵长天的《不是忏悔》，里面那一个饱受情欲折磨的中年男人，每当欲望受阻，便发出一声喟叹：“我们这一代人”，是指“我们这一代人”的伦理道德观念，还是“我们这一代人”特殊的经历遭遇，作者没有多加解释，似乎是不言而喻。而我们所看见的这个中年人，形貌精神都离“我们这一代人”相距甚远。“我们这一代人”已经定格为风华正茂的面目，眼前的下海亮，却是如此疲惫倦怠。他在所任职的工厂，是一个单纯的事务主义者；家里，亦琐事缠身。即没有社会理想，对个人幸福也不存指望。人在中年，虽然谈不上有什么远景，但要打发日子也还很漫长。于是，邂逅叶磊，旁开一个空间，急骤地蓄积起行将殆尽的激情。事实上，激情的储量已经有限，是因为压力而变得汹涌。有一个细节令人动容，就是有一次分手时，叶磊看着人流中卞海亮的背影，恍惚想："这个挎着过时的旧包，步履缓慢的人，就是刚才和我睡在一起，和我做爱的男人吗？"于是，情欲里生出了哀悯，这哀悯是向着人生和人世的，也因此，就像小说中人物感叹的，本来是为缓解生活的重压，结果呢，又添一份负荷。小说中还有一个情景富于隐喻，两人做爱以后，裸着身体各自给单位里的下司打电话。这是一个游戏，戏谑自己的社会身份，事实上呢，受戏谑的却是对方，领指示的下级职工。游戏的策划者将他们的权力形象换一个形式重新认识一遍，于是很微妙地享用了一回。他们已不是年轻的男女，即便是情欲，也不可能多么纯粹了。他们携着各自的历史，这历史不谓不是成功，可是其中无论人还是事，都已陈旧，灰暗了颜色，令人心生倦意。假如生活从头再来一遍，结果也是如此。因此，"我们这一代人"又不止是"我们这一代人"，更是许多代，甚而可能是每一代必将经过的周期。与赵长天年龄相差一轮，几近后半代的孙甘露的小说《呼吸》里的一代，他们还没有开始生活，在开放的年代里成长，也没有道德的禁锢，可他们并不快乐，也很倦怠，似乎疲惫期提早来临，是周期缩短，抑或变形？这是下一个话题了。总之，"我们这一代人"，在此涉入多事之秋，时代的特性已被更加普遍性的人生遭际同化。与《不是忏悔》形成鲜明对照的，是陆星儿的写作，她坚持“我们这一代人”最富积极意义的特性，她始终抱着知青作家的情怀，面对社会、时代、个人的无常变故，难免陷于困惑，就是因这困惑，她的写作才变得较为复杂。

在这套丛书中，我选陆星儿的是她最近也是最后的长篇《痛》。令人欣慰的是，陆星儿在这部小说中，最大规模地表现了她的复杂性，完成了她的写作和写作中的她的告别演出。陆星儿崇尚英雄，知识青年上山下乡运动可说正是一个英雄的舞台：青春，热情，离乡，受苦，奋斗，牺牲，小我服从大我……相比之下，前一个青年运动，红卫兵运动，有着太多的政治色彩，尤其经历过了潮起潮落，多少带着一些创伤和阴影。而这一回，性质单纯许多，背景则更为宽阔，宽阔到山川大地——就连陈村这样染着虚无的人生观，都不能不注意到大自然的神力，于是，陆星儿的浪漫主义便和历史风云际会。然而，就像方才说的，陆星儿的英雄渐渐走出青春岁月，走出大革命时代，进入平庸的日常人生，昔日里壮阔的幸和不幸，全平均分配成琐细的事务，就是赵长天《不是忏悔》里卞海亮所应对的那些，最能磨蚀英雄气概了。在陆星儿更早的长篇小说《精神科医生》里，那一名野路子出身的精神科医生，为病态人格包围，社会的痼疾被病人们进一步畸化，他的常识都被质疑着，更何况改良社会的雄心，处境颇为尴尬，显得十分滑稽可笑。雨果《巴黎圣母院》里，那丑陋的卡西摩多，其实是埃及的神祇，沦落在芸芸众生之间，就像圣母院梁壁上的一条爬虫。英雄在俗世里的遭际总是孤独的，他们被逐出人群，处于边缘。而陆星儿的，胚胎于特定历史中青年运动的英雄，和真正古典意义的英雄又不同，他们具有着主流阶级社会的属性，这种属性阻碍他们往异体变形，他们终还是现实中人，这就注定陆星儿写作的现实性，她必须关注现实。

《痛》里的主人公邱大风是当代英雄——感谢这一个激变的时代，社会模式还在摸索中，没有最后成形，依然需要由一些个人来承担进步的代价，于是就有了邱大风这样一个角色——社会主义意识形态之下，公有制体制内的企业家，以国家政府的身份，循资本经济规律，创现代化图景。无论理论还是实践，都有着过不去的关节口，就看邱大风如何来变通。说实在，这并不是一个英雄的合适舞台，空间太过逼仄，处处掣肘，不得不屈抑人格，面目变得鄙俗了。就是在这里，陆星儿的浪漫主义遭遇现实主义，这一个挑战，是对观念也是对写作能力。终于，我们看见了什么？我们看见这一位弄潮儿，纵横于各种对立的关系之间，有时玩权，有时弄术，有时攻城，有时攻心，竟然左右逢源，一路披荆斩棘，直逼目的——将这城市最为经典的沐恩路翻新改造为现代城市消费型大街。这条新街规划体现了邱大风新生资产阶级式的价值观——邱大风，就是一个世界后发展地区的新贵典型，鄙俗却生气勃勃，有着粗野的活力。这个人物的诞生，可视作理想和现实协商的结果，而我宁可理解为相持不让，这符合陆星儿的性格，也是她的愿望之实现。

可以见出，知青文学具体到个人的写作，早已经分流成不同的道路，向着各自方向发展而去。作为一整个文学潮流，它却酝酿成又一场新时期文学史上的革命，就是寻根运动。这场运动，可说东西南北合围，燃起烽火遍地，即成燎原之势。我以为这是上山下乡经历不期然的馈赠。我们这些城市孩子，带着半生不熟的书本知识去到农村，与乡土邂逅，不自觉间，戒除着教条主义。山川河流乡村，藏匿着另一本历史的大书，以隐秘的符号记录，更合乎生命存在的本义。知青文学开发了政治意识形态的地表，掘进到人类文明发生的地质层，那是更接近真相的一层，许多事故从它发端，由它塑造形象，我想，这大约就是寻根文学的来由。比较中原和西部，应承认上海是“寻根”的弱镇，这是否归因于这城市的地理和历史，上海地处长江三角洲平原，成陆较晚，文明史开端便推迟了，时至四百年前，还只是个荒凉的渔村。一旦开埠，一蹴而就近代都市，省略了自然发展的过程。作为文学创作，难免“寻根”的资源不足，缺乏材料。但这只是从狭义上看，在广义上，“寻根”的影响深远，不是单就题材可以概括。在我私心里认为，多年后“上海”这一写作的惊现，亦和“寻根”的思想精神有关，这又是后面的话题了。现在，我还是来谈与“寻根”关系比较直接的作品，就是竹林的《女巫》。

我原本打算选《生活的路》进丛书，因前面提过的理由，《生活的路》几可说开知青文学先河，在当时引起极大的回响，证明上海作家在新时期文学中的位置不容小视。但竹林本人坚持要选《女巫》，自有她的道理，我最后服从的原因是，《女巫》这部长篇，正可填补“寻根”在丛书中的空缺，体现上海作家在新时期文学版图上占据的面积，纵向上则体现上海作家写作的发展源流。虽然，从时间上说，《女巫》写作的1991年，寻根运动已过了高潮期，我亦很难断定竹林是追寻行踪而来，她完全可能有着自己独立的取向。但是，《女巫》又确实表现出寻根文学的特质，那就是它将一个乡村的社会发展史溶解在风土民俗的传说之中，使其完全脱离政治意识形态的解释，呈现出某一种不可知力量的神秘定律。

《女巫》为我最重视的是它的体量，在四十五万字的篇幅里，密密匝匝、层层叠叠、扣中扣、套中套，网罗着大量民间的传说志异，这就不再是风土性的装饰色彩，而是成为整部作品的结构，以及结构后面的关照世界的方法。小说开头，那一行放学的孩子鼻梁上顶着柳枝，乡俚称作“仙人挑担”，摇摇歌行而来，犹如点灯引路的童子，带入“太虚幻境”。“太虚幻境”有一个特质，就是它虽然在世外，但是决定着世上的事理人情。《红楼梦》里荣宁两府的兴衰起伏都是写在“太虚幻境”的册子里，尘世中人的真身份也是在这里。当然，《红楼梦》里都是贵人，照民间说法，就是有仙缘的；《水浒传》一百零八将，则是天上星宿；《女巫》却是草民，演绎的故事要粗粝得多，所来自“太虚幻境”里的前世，也要阴暗得多，不是风月情怨，也不是英雄气概，而是关乎生存繁衍。这冤孽虽不像“石头记”，一演几万年，不过区区数十载，可难也就难在事端的具体靠实：抗战、内战、建国、人民公社合作化、“文化大革命”……竹林将这铁打的事实以虚幻的方式历历写来，一直坚持到底，没有松懈和中断，终于自圆其说，建构了另一部历史。

王小鹰的写作也是从知青文学起步，在知青文学中留下了抒情的笔触。我觉得王小鹰对写作有一种节制的态度，她从不无度放任个人情绪，她的写作几乎不涉入自身经验，难免会损失感性的独到之处，但却有另一般好处，那就是写作面向广阔。王小鹰很早就脱开与自身经验最有关的知青文学，另起章节，这也表明她有能力处理客观性质的题材，我以为《丹青引》就是她写作观念和创造性能力的极优表现。《丹青引》的结构非常奇妙，看似繁复，千头万绪，但其实很单纯，线头一抽，贯彻全局。

《丹青引》的线头我想应是韩此君这个人物，要借陆星儿的英雄观来论的话，韩此君也可算一名英雄，但要是将他和《痛》里的邱大风作比较，就看出邱大风是入世英雄，韩此君则是出世英雄。画圣韩无极被现代旅游业重新开发出来，自此便有无数人攀附：据传韩氏家世早已式微，嫡系里只一名第十代孙女，却已是疯人；于是女婿陈亭北尽占传人风头，眼见得要成无极掌门人；忽然间又冒出一个韩疏林，自称韩无极次子韩细布的后裔，事实上呢，韩无极的正宗后人，长子韩细舟的子息，就是韩此君，默默无闻于市井坊间，由无极门下生出的恩怨情仇都与他无关。韩此君人在小学校做一名教师，他的画却兀自在世上流传，遭遇各种，或被画界泰斗扣下，以防盖己名声；或被画界少壮当参照，取其精华，又别开生面，创出新流派；画商瞿老板瞄准他的是生意眼，低价收购，囤积居奇……无论画坛政治市场经济风起云涌，他一概木知木觉。再说到情爱，也是功名利益的连环套，美协主席魏了峰的情人由美协艺术办公室主任马青城善后为妻子，只得放弃所爱陈良渚；陈良渚本是对韩此君有爱，无奈他不接茬，要知道陈良渚不是别人，正是陈亭北的女儿，被他当作圣女仰慕；韩此君爱的姑娘辛小苦置他于陷阱不说，还投别人怀抱，此人为中国画研究所所长安子巽——真是当爱不爱，不当爱偏爱，如此轰轰烈烈，最后还是女工花木莲伴他的惨淡日月，度柴米人生。要是用《红楼梦》里妙玉说法，韩此君就是位“槛外人”，这位“槛外人”一旦涉入“槛内”，立即祸从天降。他到底经不起世人撺掇，动了凡心，举办个人画展。那画展说来也可怜，借了旧文化馆的遗址；由他任职的小学校和瞿老板的“小蓬莱字画贸易公司”主办；开幕式程序颠倒，七零八落，靠花木莲的小姊妹和街坊邻居充场子；美术界的头面人物倒是送来了花篮，夹在其中，并没有增添庄严感，反显得不伦不类；开幕式结束，已是曲终人散，一片萧条，就在当夜里，一场大火，连人带画，统统烧为灰烬。这也有些像《巴黎圣母院》，地牢门一开，卡西摩多和爱斯美拉达两具搂抱着的尸骨，立刻灰飞烟灭，无形无影。神祇是不能在人世间存身的，韩此君其人其画，本来只应天上有。陈亭北的仕女图，最后的点睛之笔，墨遮笔洇，好比天机不可泄漏。凡此种种，都好像有一双天眼俯瞰，俯瞰人间百丑，活活糟蹋神赐，然后一网打尽，全部收回。

我还觉得有意味的是，韩此君的世外，那一个市井社会，似乎并不全是“小隐隐于野，中隐隐于市”的意思，一条天池街，可说藏污纳垢，却接近生活的实质。当韩此君逝去后，辛小苦来到天池街，看见公用自来水龙头底下，蹲着韩此君的遗孀，花木莲——“两条粗壮的胳膊在搓衣板上使劲搓着衣服，肥皂泡沫白花花地溅了一地，她的脚边还放着菜篮和淘米箩。”此情此景映照下，那些纸上春秋，无论《红粉君子图》，《城春草木深》，《山龟图》，都显得如此苍白，早已淘空了内瓤，众声喧哗也难以掩饰凋敝的事实了。而韩世家九涵妙姑的真迹《观音出道图》，却是在天池街花木莲作工的成衣车间的壁上，那是当年玄黄庵的佛龛。就此看来，最后的大败局并非天意，实是人事。

蒋丽萍也是一个有效地脱离私人经验的写作者。她同样有着知青的经历，早期也写过一些知青生活的小说，但很快就越行越远。这或许和她曾经从事记者职业有关，使她锻炼成向外的眼光，对客观世界比较关心。更可能是领新时期文学真谛，那就是历史批判和现实批判精神。她的长篇小说《女生，妇人》，与“五四”老人程俊英先生合作，所写是程先生们的故事，与她的时代相距有半个多世纪，人和事都已泯灭在时光的烟云之中，必须有历史的目力，还有对他人生活的想象力，但其实都是出于对恒定意义的认识，那是无论何时何地都不会大改的人世人生的本义。生活再是演绎出多少种戏剧，外形中的内核就是一个。

依蒋丽萍自序中介绍，《女生，妇人》前半部，是将庐隐的《海滨故人》重写一遍，后半部，则是将程先生所写的续《海滨故人》重写。而程先生的续《海滨故人》严格说是本人的回忆录，虽然沿用了《海滨故人》里主人公的名字，《女生，妇人》呢，继续沿用这四个人物的名字。这看起来很像是一场接力赛，一棒传一棒，蒋丽萍当然是最后一棒，她跑到终点，完成全程。但事实上，更像是领了火种，重新开垦一片田地，长出自己的庄稼。无论怎么说，这都是一次有风险的出发，因有着太多的据实的人物和材料，又与自己的经验隔阂着，稍不留心，便会滑入记录性写作，可说走在纪实的边缘，蒋丽萍终于走到彼岸，完成了虚构的旅行。我说它虚构，是因为它的完整性，真实的生活不负责给我们结尾，也不负责提升意义，这就是我们所以需要虚构的理由。

就像方才说的，《女生，妇人》是以《海滨故人》里的人物为故事展开，那是北京高等师范学校的四个女生，人称“四公子”，从这雅号就可看出她们是风流人物。那是在上世纪初，一个旧到底的中国生出新气象，青年也生出新向往。青年，向往所在总会是爱情和婚姻，这与个人幸福关系最紧密，“个人”和“幸福”的概念都是“五四”启蒙的果实。尤其是女生，这里面就又有男女平权的争取，所以才会有“四公子”的称谓。在“女生”的日子，闺阁和书斋里，革命还处于理论阶段，比如李大钊先生的“伦理课”，她们很大胆地提出将来孩子可不可以从母姓，还提出男性是否也有贞操的问题，各人的恋情也在朦胧的初期。总之，新生活是在务虚中。然而，就是这务虚，为她们勾画了一个新人类的摹本，这摹本在现实中则成为妄想。“四公子”中，露沙是最坚执这妄想的，其他人，或是比她命好，像宗莹，与师旭的师生恋，是新型婚恋，可总归不伤大雅，两人相携相契，妇唱夫随，虽遭子殇，亦是乱世中的寻常事故，终不失为“五四”一段佳话；玲玉的婚姻实际只抄袭了个新式的“外壳”，内里仍然是旧式的陈规，旧式的男人和旧式的性观念，倒是那“外室”柳蝶依有新人类的气息——出身小公务员家庭，职业女性，裸露的情欲，理直气壮地挑战“正室”，有趣的是这新气息并不是来自“五四”，而是来自上海这近代城市的市民阶层；再有云青，她似乎是在家庭中承起了男孩的角色，养家糊口，抚育弟妹，但方法则是嫁个有资财的先生，当然，先生受的是德国教育，有强国思想，这些至少合乎“五四”精神的某些符号。当她们进入现实的命运之后，大时代给予的人生蓝图都变形了，惟有露沙，以一种近乎偏执的坚决，牢牢守着这蓝图，结果是，飞蛾扑火。

回望20世纪初反封建的男女，女性总是全身以赴，男性呢？颇令人寻味地，他们多是先向封建制度交了差，然后再革命。好像贾宝玉先科考，再出家。甚至于鲁迅，也有朱氏；还有萧军，认识萧红之前也完成了父母之命、媒妁之言。新女性常是处在半妻半妾的位置，多少有些孤军奋战的意思，露沙就是其中一名。她终于争到了梓青，却只是一半，而且名不正言不顺。梓青患结核病早逝，倒使得这段尴尬婚姻获有悲剧的了结，合乎了时代的名义。她的第二段情爱，比第一段更大胆，与年轻自己许多的寄尘相恋，在世人舆论中，难免是不伦的垢病，一旦进入实际生活，则更有无穷的麻烦。露沙和寄尘真是位置颠倒，无论物质还是精神，露沙都承起了男性的角色。她有事业，在社会挣得地位，因而得经济自主，还为寄尘筹谋生计。但这似乎又并不真正意味着男女平等，寄尘虽然样样靠露沙，却依然持有男性的特权。就比如她们在李大钊课上讨论过的，男性应不应有贞操的观念，即便孱弱如寄尘，都可以不遵守贞操。女性独立最终似乎只是更给男性方便，而且这情景一直延续到今天。赵长天《不是忏悔》中，那一对中年邂逅的男女之间有这样一段对话，关于叶磊要不要做全部的女人的讨论。叶磊说："因为你太好了，所以，我不敢在你面前做得完全像个女人。"卞海亮客气了一番，诚邀叶磊放纵她的女性属性，但同时他又肯定了她没有女性的一般弱点，这弱点被他归结为"会使男人有不安全感"，于是，叶磊就有了这样的疑惑："如果我一半是女人，另一半也是女人，你吃得消吗？"从"五四"以来，女性始终没有放弃成长，却使得男性越来越怠惰。然而，强悍如露沙，最终死于难产——萧红也是死于难产，这是积贫积弱的20世纪初，无论独立不独立的女性共同面临的危难。这一个最具革命性的女性，还是落入了传统的命运窠臼。

现在，我应该提到我们的一位前辈作家，白桦先生。我很感谢白桦加盟上海作家协会专业作家队伍，让我们上海的这批知青作家与前承的关系变得具体和直接。新时期文学是由白桦一代，也就是人称"右派作家"作率先，他们经验了共和国的坎坷，最具批判力——感谢上苍，当政治生活终于进步到正常的时代，他们尚年富力强，而且，没有丧失信心。照理说，他们最有理由不信任生活，可反倒是我们，对诸事生疑，这使得我们在批判中，有时会模糊正面的观念。他们年长于我们，阅历也丰富过我们，伤痛更深于我们，为什么恰恰是他们，保持着积极性？那或许是出于一种性格，我将它称作"共和国性格"，长在新朝开元时候的人格，往往清明开朗。而白桦先生又是一位诗人，我觉得，在白桦先生，“诗”不止意味一种文体，更是世界观，从白桦先生眼睛看出去的，总是有一种光明。经过如许世事艰厉之后，很难说是天真，这更可能是一种辨析力，从氤氲，阴霾，浊尘中辨析出光的穿透。这辨析力也许不是出于唯物史观辩证法、科学社会学，而是诗情洋溢。

白桦先生的这部长篇小说《每一颗星都照亮过黑夜》，以第一人称，写给儿子的二十二封书信结构成。他带着一种诉求，诉求子辈倾听，倾听父辈的历史。事实上，无论听与不听，都是子辈的前承与后传，可说是宿命。你听了，就可能有自觉性；不听，便身陷盲目，这是有责任心的父亲们所不忍的。小说中的第五封信，他写家乡被日本军队占领的日子里，从他家门口经过一小队日本宪兵，押解着一个受伤的青年往城门外行刑，一群小孩呼啸尾随而去，他也夹在其中，忽然间却被街坊王大娘拖出人群，斥道：“你起什么哄？你爹被他们活埋才几天？”我想，白桦们要告诉我们的，就是这个！还有，第一封信，也是小说开篇之际，写到与儿子发生的第一次冲突，那是在儿子三岁的时候，儿子要求买一挺玩具机枪，“我”不同意，因为“我”对枪，从来没有亲近感，生气的儿子突然挥起小手在父亲脸上掴了一掌，使“我”无比伤心，这又是白桦们要告诉我们的——我知道他说的不是伦常之理，而是有关于“我”是谁，“我们”又是谁的话题。

“我”是谁呢？一个中原古城里开明绅士之家的子孙；还是拒不做汉奸，最终死于日本宪兵屠杀的冤魂之后世；是在天主教堂躲空袭时候，从修女指下的琴键，与舒伯特邂逅的小男孩；是抗日队伍里的少年兵，抗美援朝的志愿军；然后是一名右派；再然后是摘帽右派……“我们”是谁呢？是呵斥“我”不许跟人起哄的豆腐坊王大娘；卑微地活着又卑微地死去，用死魂灵吓死一个日本鬼子的冯二；是没出息了一世，在“文革”的冬夜，登临废墟疾奏京胡“夜深沉”的柳家大少爷；是“笑话”，一个纨绔，玩世的人生，在急等着点火起炊的日本兵跟前，戏耍地将干火柴一根根划着，再一根根吹灭，结果脑门吃了子弹，闹了个天大的笑话！还有小蚂蚱、六指儿媳妇、静云寺的妙聪师父……“我”和“我们”又有一个总的命名，就是“诗人”，他们将历史演绎成了诗。在动荡与莫测的世事中，许多正义的观念变得模棱两可，模糊着判断，然而在诗的境界中，边缘却明晰着。诗这一个华界，以一种说来虚无其实却肯定的标准鉴别着优劣是非，那就是美和高贵。小说里的“我”，这一个父亲，就这样从昏晦的经验中析出光明，企图开启儿子的知性，他几乎是以谦卑的目光，注视儿子，等待回应。

这是历史讲述中的个人性，不止是经验，还是情感。新时期文学逐渐拓进个人主义领域，白桦先生一代人可说是先行者，为争取个人在公共写作中的合法性，付出了代价。我们都是受益者，他们打开禁地，我们在其间嬉戏，不晓得底下藏着什么样的牺牲。所以我庆幸有白桦在我们的队伍中，他可时常提醒——就像小说中提醒那儿子，我们究竟是什么人。

这样，我就要想到孙甘露。孙甘露大约正是与那儿子同龄，我方才称他作“后知青作家”，是指他的成长正处于知识青年上山下乡运动末潮，而教育体制还未重新建立，因此，他的命运在另一部分与知青汇合，就是中学毕业即走上社会。其时，青年运动早已平定，日常生活也恢复秩序，所以，历史又进入了下一个阶段。在变化的时日，相距五六年就可能划为另一代人。我想，孙甘露开始写作的时间，许多激烈的意识形态纷争基本经纬清浊，白桦们的遭遇倘要写入小说，就是归荒诞派一类，新时期文学已经进步到“先锋”的阶段，开始文本的实验，孙甘露就是在这一节上登场了。

对于先锋文学，我个人以为是一次输入的革命。在离群索居数十年之后，其时敞开了空间，八面来风。外面世界一百年里演变和积攒的思想一夜间涌进，那么多新鲜的概念，充满耳目，我们都来不及攫取。形势难免是混淆的，但是，就是这混淆，酝酿成了本土的又一次文学浪潮，它几乎全面性冲击着汉语言写作的成规。当然，在所难免地，泼洗澡水将澡盆里的婴儿一并泼了出去。在它们企图突破限制的时候，将叙述艺术的形式也取消了；拆除了藩篱，同时失去了自己的领地；破除迷信，将“信”也破除了，这将使以后的进取陷入困境。但是在当下，它如此令人激动，号召着年轻的叛逆心，义无反顾地向前奔腾。屡次文学运动已为它铺平道路：题材的禁区几呈全面性打开，文学有效地脱离意识形态，获有自主权，个人主义不仅合法，还是进步的表征……还有什么可顾忌的呢！由于这一切反传统的特征，先锋文学更像是一场青春文学，它无拘无束，自由自在，轻松上马。

孙甘露是先锋文学的一名翘楚，虽然他写作量并不大，以短篇为主。说实在，你很难想象如他这样，纯粹依赖语言文字自身的逻辑推动叙述，能够充实多少篇幅。孙甘露的小说中人物，面目往往是模糊的，社会身份不明，没有清晰的历史来源，行动也没有一定目的，总之是暧昧。这就是人和事完全脱去意识形态的结果。他将他的人物放在纯粹的语言环境中活动，这在理论上无疑是极有挑战性的实验，但在事实上困难重重。尤其是孙甘露连语言，这人和事惟一的寄存也要颠覆，他要以唯美的方式重新组织叙述。而语言其实是比任何存在都更社会化的物质，它没有一刻能够脱离公共性的叙述活动，在约定俗成中规定和改变形状，不是孙甘露单枪匹马可以推倒重来的。所以，他在颠覆中不断需要作出妥协，就像一场拉锯战。在这拉锯战下，也确实生出一种别致的文体，语言从讲述的事实浮上最表层，你甚至可以放弃叙述的内容，单纯享用语言。这是危险的蛊惑，因为不知觉中，思想消失了，作为小说质地的生活状态也消失了。孙甘露又为什么要执迷于小说，而不是继续做一名诗人——他曾经写过新诗，总归还是小说的某些特性吸引着他，让他舍弃不下，那是什么？我想，还是人和生活。

《呼吸》是孙甘露迄今为止惟一的长篇，字数长达十三万多，对于这么一种纯化了的叙述方式，几乎可看成巨作了。在此，他不得不遵循某些小说的纪律，比如有人物和故事。《呼吸》里的故事主要讲的是罗克的爱情，罗克是谁？一个年轻男人，据称曾在军队短期服役，然后回到城市，不固定地从事橱窗设计工作，这样，罗克就可能社会关系极简，同时解决生计来源问题。这样的人物特别适合孙甘露的文体，或者说是孙甘露的文体适合这样的人物，因为得以赦免社会生活的客观叙述。就这样，孙甘露赦免了罗克的社会生活，放任他独自一人，于是，他镇日相守的就只剩下他自己的身体，而他的身体又是怠惰的，兴奋不起来。与赵长天《不是忏悔》里那中年男人饥渴的身体相反，罗克的身体就像患了厌食症，是被过于丰饶的美食败了胃口。一个一个女性走进他的生活，来不及消化上一个，下一个就已经赶到，而他，并没有因此成长起来，获得什么样的嬗变，因为这些女性的面目也是暧昧的，很难给她们规定意义——这就是罗克的故事，一切戒律消失，意义也消失，在无节度的自由中，没有什么决定我们和谁在一起，又和谁不在一起，结果是，究竟谁和我在一起？当女性们滑溜地穿行过罗克的生活，罗克也在滑溜地穿行过她们的生活。小说中写道："尹楚个人历史上的这场情感大混乱花去大约十年时间。她意识到从出了中学校门到现在几乎没干别的事：'真他妈的不上算。'"要是拿罗克的身体与《死是容易的》里的身体相比，罗克的感官生活是多么奢华啊！需要是剩余需要，满足也是过剩，也因此，陷于虚无。

阮海彪的《死是容易的》，写一个患血友病的孩子，就是小说中的"我"，也叫"弟弟"。身体对于弟弟，是个需要时刻警惕的存在，必须防止碰撞、创伤、甚至于少许的震动，因为一旦出血就很难止住。屡次为止血而作的治疗，已耗尽家中所有的财物，使这个温饱家庭陷入赤贫。因此，出血，发病，不仅给肉体带来苦痛和危险，还危及整个家庭的经济财政，增添了精神的压力。弟弟的身体不像罗克的，是一种附丽，而是巨大的现实，关于身体的疑问：身体究竟是什么？生存究竟是什么？如何维系，究竟又有什么必要维系？对于弟弟是具体的日常生活，对罗克，则是纯精神活动。在《死是容易的》里面，身体的戏剧就是那么残酷，它时时上演着生存和死亡的较量，这种较量又并不完全以力量的强弱优劣为胜败，似乎是有一个更加巨大的意志在操控局面。那相邻的于家伯伯，前一日夜里还推出黄鱼车，让弟弟去医院急诊，隔日晚上回来，他却上吊自尽，死亡如许不期然地降临了。再有那剽悍的“外国人”，主张优胜劣汰，言称像弟弟这样的孱弱者，不值得怜恤，应统统消灭，可是，偏偏是他死于盛年，弟弟却活着。当然，更大量的死亡因循着普遍的规律发生，比如他的病友肖虎，死于酒后脑血管出血。所以说，对于生命，我们即不能放松责任，但也只能尽力而为，至于结果，就听凭上天的选择了。弟弟，以及弟弟的家人，就是在这未知中全力以赴，争取生存。父亲从劳改农场请假归来，将病危的弟弟连夜移出医院，决定自救的一幕，真是无限的惨烈，可说是全书的高潮，那是孤注一掷，背水一战。

弟弟的父亲，有点像沈善增《正常人》里的祖父呢！我想，在上海老城厢，那些旧式的房屋里，住着无数的祖父和父亲。他们来自周边乡镇，宁波或者绍兴，有过短促的发家史，然后在战乱和灾荒中破产，来到新开埠的上海，虽不像传说中遍地黄金，挣一份嚼吃还是有的。他们洞察世事，人情练达，狡黠里藏着乡下人的耿劲。就像《正常人》里的祖父一样，弟弟的父亲想必也读过一些旧书，他的主攻方向在

《黄帝内经》。当父亲将弟弟移回家中，自己在阁楼上翻检医书，煎制草药，就像一个古代的炼丹师，这也让我想起《正常人》里祖父读《浮士德》的情景。这大约就是民间和经学的关系，也是上海市井的知识景象。当我写到此处，不禁想起法国作家普鲁斯特的《追忆似水年华》，那一个病人出身于贵族阶层，生活优渥，疾病将他锁在床上，限制了外部行动，迫他在精神中漫游，搜索记忆和思绪，构成空中楼阁，灿烂辉煌。这里的弟弟也是在病痛的禁闭中，可他无法纵容他的精神在虚空中漫游，温饱，治疗，就业，立足社会，都是具体的困难，如何来对策，占据了所有的闲暇。在他的周围，都是同他一样的市民，柴米生涯。这城市里的老住户，物质与精神都已式微，小说写到那天夜里，父亲向医院签下生死状，将弟弟从病房移出，回到家中，“我忽然发觉，我的家竟然这样低矮，破旧，凌乱，潮湿。我闻到了一股蟑螂味，那是从那只没有抽屉的抽屉洞里发出的。”于是，弟弟的病苦似乎不止是病苦，而是象征了整个人世的悲哀。

编这套丛书的时候，我发觉在我们上海作家的写作中，常常有一个绰约的背景，就是市井。比如叶辛的《蹉跎岁月》，在柯碧舟插队的那一个集体户，成员多来自于上海中下层市民家庭，从某一方面来说，他们要比那两位主角更显其生动，表现出他们所来自的城市的价值观和性格；陈村的《从前》，也有一个集体户，扁头，阿发，女生小风——她考虑自己的归宿，是否要嫁给乡下人前，她对上海的男生说：“你们最凶的是张嘴，他最强的是一双手”，这种面对现实的态度，正是华丽的城市表面之下的芯子；前面已经说过，

《正常人》是正面表现市民阶层的生活；陆星儿的《痛》里那个邱大风，更是真正出身市井的现代新贵；王小鹰的《丹青引》则有着一条喧喧腾腾的天池街……若干年以后，我们或许会发现，这是与“寻根运动”某种方式的遭遇，又迎来关于上海写作的热潮，在当时却多出于不自觉，但这不自觉也是在新时期文学的开放思想中发生。上海的市井生活，最早多出现在民国小说鸳鸯蝴蝶派写作中，到了1949年以后，就渐渐淡出，偶尔地，就像阴魂不散，突然在某一隅闪出。比如，上世纪60年代有一部话剧改编的电影，《小足球队》，里面有一个社会青年，诨号“爷叔”。这个形象何其有趣，都市浮华里的坊间人生，他吸引了一帮小萝卜头在弄堂进出，当然，是作为颓废的代表而遭到社会的唾弃。凡这类人和事，在那时多是以负面的形象登场。胡万春先生的小说《家庭问题》，后来改为电影，其中那一个青工，穿毛料裤，买绸缎被面，受到产业工人家庭的家长，父亲的严厉批评。这种日常生活的趣味，来自安居乐业的人生，其实是含有普遍性的人道价值。

胡万春先生属上海60年代崛起的工人作家队伍中的一名，他们多是以描写产业工人的劳动与生活而活跃文坛，然而我觉得，当我们强调他们社会主义写作身份的时候，往往忽略了他们另一个也许更加鲜明的特质，就是他们的本土性。胡万春先生是工人作家中领先的一名，他的短篇小说《骨肉》和《过年》，引起过热情的反应。小说中描写的城市底层生活，在阶级矛盾与阶级斗争的观念之下，人和事都被简化了，但它们依然以人间常情打动了读者。这一回，入丛书的是胡万春先生写于1983年的自传体长篇《苦海小舟》，顾名思义，写的是穷人的飘零生涯。小说中这一个穷人的履历却是复杂的，若是按社会各阶层分析的划分，他可先后占据多个阶层。大约从清代算起，他家便是失地农民，到了祖父，则在宁波一带经营小本买卖，渐渐积累资财，成家立业，也有了教育的意识；所以父亲先读私塾，再上公学，接受强国思想，决心做一名海员，学习航海；结果是被骗子卖了猪仔，去到外国轮船做水手，期间参加了一次海上罢工，算是还了革命的夙愿；然后，带了一口洋泾浜英语回到家乡，接下了祖父一个行将倒闭的小百货公司，却无起色，只得将生意盘给舅丈，收拾收拾来到上海；所剩最后的一点资金投进米行生意，还是血本无归，这一回彻底死心，从此息了发家的念头，做杂役糊口，家中一贫如洗，于是，小说中的"我"，这上海城市的无产者降生了——经历逃难，乞讨，跑单帮，打工，学生意，间歇地上小学，读《圣经》，唱圣诗，终于在十六岁时进工厂学徒，走入产业工人队伍——看起来，不怎么合乎共运史中作为革命力量的无产阶级形象，可是，历史却呈现出丰富性。农村萧条，小型经济崩溃，资本型城市崛起……这些政治社会经济概念全演化成具体可感的生活状态。

小说中那个英国人戈尔门先生，是父亲做杂役的爱文义路救火会的职员，应是上层社会，可事实上，却也为生计困扰，他甚至娶不起本国的女人做妻子，也娶不起会说英语的中国妻子，只能娶不会说英语的中国女人。在张爱玲的小说里，我们常能见到这些帝国公民，多是落寞的表情，他们是殖民地占领者，同时呢，也是寄人篱下，身份颇为尴尬。比如《红玫瑰与白玫瑰》，有一日，振保和娇蕊一同上街，遇到艾许太太，张爱玲写道："艾许太太是英国人，嫁了个杂种人，因此处处留心，英国得格外地道。"还有《桂花蒸，阿小悲秋》里那个住公寓的单身外国人，悭吝又落魄，还滥交。当然，戈尔门先生是个好人，是父亲的知交，可自身难保，援助也有限。上海市井的戚色里，也有着异族人的面容。还有那些连环画家们，作坊样的生产方式，小说写到"我"去拜师傅学手艺，来到沪上著名的大师府上，境况竟十分窘迫，不止是贫寒，而且潦倒。作者写道："他们夫妻俩年纪都不大，只能算作年轻人吧！可我却感到他们都很老了。"就是这样黯淡的营生，却发源成日后绘画的一个重要门类，多少可见出海派文化形成过程现象之一斑。我们可以在《苦海小舟》中找到《过年》和《骨肉》的故事轮廓，就像是这两篇小说的素材，显露出感性的面目，过去的生活这一回以私人经验的性质进入胡万春先生的写作，不期然地，展现出更为宽广的社会场景。

程乃珊的《金融家》则面向上海中产阶级社会，说来很有意思，《金融家》中，华行董事长总经理祝景臣也是浙江人氏，出身贫寒，父亲在杭州大户封家当差，封家老爷开恩，让祝景臣祝景文兄弟在封家开办的洋学堂开蒙读书，这一步便将他们推上事业人生的康庄大道。祝景文考上庚子赔款公费生出洋留学，祝景臣通过封家的交好，华行开山祖魏久煦进华行做练习生，之后一路攀爬，坐到高位。封家则已衰落，后人封静肖，只得在外国人诊所挣月薪，自糊自口，最后给祝家做女婿，多少有些像吃软饭的。与祝景臣同时进华行做练习生的范先生则终身只是个小职员，但儿子范仰之却是才俊，走上另一种人生道路，成长为另一路精英，终于能与祝景臣平起平坐，相辅相成，共渡民族危难。所以，上海这地方其实是英雄不问出身，公平竞争的场所。各人时运不同，资源占有也不同，但终究是以才智心气为决定，不断重新调整划分阶层。在这些跌宕起伏的命运之下，更普遍的还是平凡的人生，就像祝景臣的公子隽人和儿媳芷霜，由父辈们荫护，从战乱中挣出一份安稳且道德的日子。这些保守的人生，经过了危亡的时日，即没有错过生活，也没有损失良心，因循时令开花结果，不由要感慨祝景臣们的栉风沐雨。先是业内倾轧，华行遭遇大挤兑，道高一尺，魔高一丈；再是日本占领军要挟融资华行，逮捕银行职员，一波未平，一波又起；祝景臣几方受制，又要保人，又要保节，几回山重水复，又柳暗花明——在这潮起潮落时节，育秀女塾的女生们，也就是祝景臣们的女儿们，度着她们的娟阁时代。

这群女生使我想起蒋丽萍《女生，妇人》里的“四公子”，“四公子”是她们的先驱。她们显然要轻松得多，没有“四公子”的思想的重任。她们生活在“五四”新思想运动发生的二十年之后，又是在新开埠的上海，领风气之先。对异性的态度相当开放，甚至有几分佻挞。小说里也写了一堂课，题目是“小儿疾病预防”，老师就是那位没落世家的大少爷封静肖，身材颀长，穿一身白夏克斯西装，谈吐活泼，引得她们都不安分了。他在上面讲课，女生在下面传字条，内容关于这一位是不是理想中的“黑漆板凳”。沪语“黑漆板凳”与英语“HASBEND”谐音，然后就有人在字条上写：“这不是只黑漆板凳，是张沙发，起码要替这张沙发做一套沙发套，还要配上靠垫……太奢侈了。”联想《女生，妇人》里，李大钊给女生们上的“伦理课”，上海和北京多么不同，上海的女生和北京的女生又多么不同，它是现实的人生，缺少庄严感，甚至带几分粗俚，可也是积极的。

《金融家》写于1990年，这个年份对于这部上海题材的小说，很不幸地过于早了，没有人注意到它的地域性。倘若晚上几年，“海派”写作起篷，它是可拔得头筹的。1990年，是探索小说形式的先锋文学热潮时节，贯穿整个新时期文学的批判现实主义继续向深处掘进，这一部在形式上并无新奇，思想上也不以尖锐为胜数的小说，很自然地被忽略了过去。等到上海话题成为时尚，那些充满上海想象的写作且又潮涌，遮蔽了大众的阅读，这部小说依然没有进入潮流。所以我寄希望这套丛书，能让它再次登场亮相，让“海派”写作认识它们的前辈；我还寄希望《金融家》能以它的沉重来改变“海派”的轻佻气质，它所描写中国民族工商业者，从积贫积弱的社会挣扎起来，在这城市的流光溢彩底部，是命运多舛，时事艰厉。

本人写于1995年的长篇《长恨歌》，可说迎头赶上风潮，但又带来另一种不幸，它被安在潮流的规限里，完全离开小说的本意。在此，趁作序近水楼台，当为自己辩解几句。我想说的是，小说的第一部应是不尽如人意，小说家陈村曾批评过，这一部里尽是想当然，片厂试镜想当然，“沪上淑媛”想当然，选美胜出想当然，上海小姐当然要被金屋藏娇，藏娇人当然要遇不测……但恰是这一部最为看好，因最合乎大众的上海想象，而这一部我又跨越不过去，大量的交代任务要在这里完成，否则便无法开展故事。重要的情节是发生在第三部，王琦瑶和她的下一辈人邂逅，就如苏青说的，在人家的时代里，就好比寄人篱下。第二部是一个过渡，可是我却自觉得这一部写的最称心，这就和感性有关了。上世纪60年代，在我是知觉初醒，人和事渐渐浮向水面，轮廓绰约，气息悠然弥散，无处不至。这一部，一旦开头便从容而下，就像自己会生长一样，枝叶藤蔓盘错。这是写作中最好的状态，所有的人物都在自由活动，主动走向命运。我被自己所感动，在程先生身体落地后的那一节，我至今能背诵出来：“你有没有看见过卸去一面墙的房屋，所有的房间都裸着，人都走了，那房间成了一行行的空格子。”故事到这里似已倾向终止，事实上，我的目标还未抵达，于是，重振旗鼓，再向第三部进发，是第三部里的情节决定我写这个小说。女主角的结局十分不堪，损害了她的优雅，也损害了上海的优雅，可是倘没有这结局，故事就将落入伤感主义，要靠结局来拯救，却又力量单薄，所以，略一偏，就偏入浪漫爱情小说，与时尚合流。我选它入丛书，期待的是新一轮的阅读，能归回我的初衷。

孙树芬先生的长篇小说《末路贵族》，大约可称作海派写作的实至名归，它有着奇峻的人物和情节，以及社会风俗风貌。小说所写是二战时期，上海这远东城市，有些像北非的卡萨布兰卡，各国各系的政治军事的力量在此侵入然后交织。英国、美国、日本的谍报人员，以各种身份为掩饰，围绕着流亡上海的白俄姑娘娜塔莎，演绎出爱恨情仇的戏剧。这多少令人联想起40年代徐讦先生的《风萧萧》，记得里面有一个化装舞会的场景，各路间谍在此回合，面具底下的人究竟是谁？真好比《红楼梦》的玄机："假作真时真亦假，无为有处有还无"。这场面实是华丽，流光溢彩，又扑朔迷离。我想孙树芬先生就是看《风萧萧》长大的一代人，新小说对于他一定有潜移默化的影响。但同时，我又觉得他接受了批判现实主义思想，那应当来自于俄国文学，这也是孙树芬们的时代声音。就在这本《末路贵族》小说中，奇情异志之间，不时浮现起日常景象，透露出了生活的严峻。那位"萨巴罗夫上校"，在犹太人开的酒吧做门童，住就住在弄堂房子中的一间，过着寂寞的生活。他让我想起小时候，与我们家相距一百米的弄堂口，住着的一位白俄，以教授英语为生。父母亲曾经带我们去过他家谈话，想把我和姐姐交给他。他那房间是处于房屋的末端，正是一个尖角，于是，便呈斗状，是真正的"斗室"。屋内家具简陋，临时居住的样子。他站在我们跟前，内心却不知在什么遥远的我们完全不了解的地方。小说详细地描绘着这些被祖国放逐的人，如何谋生计，如何在异国建立起社会关系网络，彼此依赖生存。那个"卡特琳娜·康斯坦诺维奇伯爵夫人"有些让人想起陀思妥耶夫斯基的小说《白痴》里的交际花，她年老色衰，流亡异乡，如《末路贵族》里写："在市区北部租下了一幢房子，又搜罗了几个白军军官和士兵的女儿，在那里开设了一家妓院，当起了鸨母来。"由于和萨巴罗夫上校特别的乡谊，她将他的女儿娜塔莎，安排在办公室工作，不让她涉入风尘。为了取得保护，伯爵夫人不得不为日本人提供情报，故事就这样从日常的图景走向传奇，可是依然没有放弃生活的严肃性。日本特务蒙索洛夫——真正的俄国贵族，而不是像“上校”和“伯爵夫人”，这些头衔都是杜撰出来唬人的，命运难料，这位真正的贵族沦落到给日本人当差。他向日本人去领旨，态度卑微，内心想的是：“当你们还在吃奶的时候，老子已经在马背上冲锋陷阵了……”娜塔莎与英国军官劳伦斯的邂逅是好莱坞电影的套路，灰姑娘遇见王子，但其间纠葛着的种种细节，却不再是童话的性质，而是艰难人世的意味。娜塔莎和劳伦斯最终走出危境，所受援助多来自她那个白俄侨民社会：鲍德罗斯基叔叔，马思罗夫先生——他们从各自的经历走来，汇集在这个城市，这也就是上海这个国际化都市隐匿着的世界史。

看起来，我们这批写作者，主要的特征是现实主义，但已含有现代主义的变征。我们前后大约跨越两代，远至“五四”新文学，近到新时期文学，可说是我们共同的养料，我们都怀有着对生活和人的关怀。同时，在我们之间，还包含着承继的关系。从 1985 年 7 月吸纳第一批专业作家，到 1989 年的最后一批，上海作家协会集合起我们。我们的写作，大致可以勾画一个文学时期，这个文学时期，蓬勃兴旺。我们在新时期文学的背景下成长，又汇入进新时期文学的图景，且带着我们自己独有的表情。然后我们一同走入下一个时期，面临着丰富却复杂的新挑战：价值观急剧变化，消费时代起来，市场经济蔓延各个角落，再迅速纳入全球化；文学观念也在变化，经典取消，大众审美上升为主流，文学不再呈运动浪潮式地前进，而是分散为各个局部……而我们渐渐告别激情洋溢的青年时代，我们的队伍不断减员，胡万春，陆星儿，孙树芬，相继离去，情景多少有些凋敝。在这时刻，重新回顾走过的道路，检阅我们的写作，不止是为缅怀，更是振作精神，坚定决心，这就是编辑这套丛书的用意所在。

2007 年 9 月 14 日　上海

（“白玉兰文学丛书”，

东方出版中心 2008 年版）

虚构中的历史

依年份看去,《收获》六十五年总目录几近于一部共和国的历史，而颇具意味的是，1966 年第三期之后，直至 1979 年第一期，总共十二年六个月空白，最直接的解释是停刊，然后复刊，但其中却暗含一个潜在的事实，就是文学与历史的紧张关系。这种紧张关系或许贯穿在所有的文学史中，即包含了个体经验和集体经验的差异，也包含先知先觉与后知后觉的差异，但我相信没有一种情形是如《收获》表现得如此彻底。十二年六个月里，全都缺席表达，陷入无语。这样说来，我们又不能单纯将《收获》当成历史来认识，由于文学总是企图重建生活状态，它就带有很大程度的虚拟性质，沉默可能是虚拟的最极端表现了。连贯的时间在此凹陷，形成黑洞，无论多少坠落都没有回声。

从《收获》编年选的目录追寻，停刊前入选的最后一部作品为 1965 年第 4 期上金敬迈所著长篇小说《欧阳海之歌》。欧阳海是那个时代家喻户晓的英雄士兵，为保护铁路安全，从车轮下推出受惊的战马献出年轻的生命。共和国在它的草创时期，涌现无数英烈，他们大多有着贫穷与卑屈的童年，社会变革给他们展现了崭新的前途，为奴为仆的命运一跃而成天下主人，于是摒弃一己之心，走向广阔的人类理想。为英雄立传也是那个时代里普遍的文学愿望，而《欧阳海之歌》不同以往，无论描写乡村还是军旅，都洋溢生活气息，使人物脱出概念的窠臼而获得性格。这常情常性并没有减损高尚的观念，而是升华了人性。这是一个升华的时代，从某种意义上说，它特别合乎文学的性格，文学关心总是生活应该是什么样，而非本来是什么样。20世纪初的美国作家格特鲁德·斯泰因，就是她对海明威作出“迷惘的一代”的评语，从此成为一个集体性的命名，专指一战后失落人生价值的虚无主义。她的名言是：“个人主义是人性而共产主义是人类的精神。”文学不就是探寻精神的深度和广度的吗?

再向前追溯，直至编年选起首，1957年创刊号第1期上，老舍先生剧本《茶馆》。这一个开篇又有一番意味，那茶馆经历晚清民初，再到日本入侵北京，国运式微，人事变迁，最后一幕里，三个老人自己为自己的身后出殡，纸钱漫天撒开，实是在替一个旧文明送葬。这文明实在太悠久，太深邃，太精致，不免伤于纤巧，熟到烂熟，于是盛极而衰。我想，老舍先生，还有《收获》的创始人巴金先生，都是由衷地欢迎新时代的到来。他们身处社会的更替，比谁都了解破天荒里的原始性，简单、粗陋、生硬，可是生机勃勃。他们宁肯屈抑着自己，约束性格，克服温情，学习新的文学，将期望寄予未来理想国的诞生。事实上，希望真的在闪烁光芒，无论成熟的作家，如郭沫若、李劼人、周而复、柳青、周立波，还是年轻的写作者浩然、金敬迈，都在努力工作，建设社会主义的文学。单从这时期篇目的名字，就可看见一个朗朗乾坤：“上海的早晨”、“野火春风斗古城”、“创业史”、“迎春花”、“山乡巨变”、“艳阳天”、“欧阳海之歌”，等等等等。可是，世事难料，热情的讴歌在寒噤中黯然收尾。

越过岑寂的十二年零六个月，编年选所收录第一篇为1979年复刊后的第2期上，从维熙中篇小说《大墙下的红玉兰》，就此，在激烈的历史批判中，《收获》拉开新时期的帷幕。这一个文学世代，以怎样的繁荣作描绘都不为过，压抑了那么久的思想、感情、经验，还有创造的才华，在这一时刻喷薄而出，奔腾之势不可阻挡。文学的批判是一种神奇的力量，它以破除而实现建设，以取消而收获果实，从政治社会意识形态，到人生价值，再到文明检讨，以至文学观念，叙述形式，步步犁铧，步步生花，又是一个新世界。然而，此新不是彼新，前一个“新”里，将个体作牺牲为文学献祭，借用斯泰因的说法，企图将人性提升到人类精神，结果事与愿违，陷入巨大的虚无。于是，就在这一个“新”里，失语的个体一并发声，刹那间众声喧哗。

人性，可能是上世纪80年代使用频率最稠密，讨论最热情的概念。经历过那一个无我的时代，“人性”就具有了革命的意义。中国固然有着自己的叙事传统，但我们的近代小说也许更得自“五四”新文化运动，与西方启蒙思想接近血缘。在此时刻，欧洲文艺复兴以来的人本主义，理性主义，现代主义，先后几百年的思潮，一并来充实与丰富我们的人性观念，我相信，这一时期中国大陆当代文学中的人性论，远远超越字面本义。好比生产关系冲击生产力，词汇已经不够用了，新的又来不及产生，于是字词的仓储无限膨胀，增扩容积量。生长激素继续加剧活跃度，单是西方的思想养料也不够用了，需要开发新的资源，于是取道拉丁美洲文学大爆炸，返回本土，溯时间而上，追文明源头，我以为这可算作寻根文学的成因之一种。我们的五千年历史，熟到不能再熟，在老北京的茶馆里，被前朝遗民撒着冥币送走的文明，忽然被发现殿堂之外，尚有更广阔的民间，在长久的闲置中，熟土又成生土，将养将息，地力足得很哪！编年选中，1985 年第 6 期上张承志的中篇小说《黄泥小屋》，普遍认为当属于这一文学浪潮的代表，这一代写作者在完成知青文学的使命之后，继而担任了寻根运动的排头兵。然而，当我审视编年选的目录，却有了新发现。在《黄泥小屋》之前，1984 年第 1 期上邓友梅的《烟壶》，再前面，1983 年陆文夫的《美食家》，可不是早开始重新虚构旧文明了！开拓者更可能是他们。在轰轰烈烈的旗鼓大张之下，已经有先行者悄然趟下路径。

我们时常怀念 80 年代，张承志，就是写《黄泥小屋》的那个人这样描绘：开明的文化官员，编辑是我们的老师，出版与发表的严格选择，即坚持标准，又鼓励实验，同行间的正当竞争，还有前辈——是的，前辈，供我们承继，也供我们背叛。90 年代初，在一个颁奖会上，张贤亮，编年选中所收录的作品为 1984 年第 5 期的《男人的一半是女人》，他走到我们这堆人里，对我说：据说你的《叔叔的故事》里的“叔叔”是我，那么我就告诉你，我可不像“叔叔”那么软弱，你还不知道我的厉害！他的话里携带了一股子威吓的狠劲，令人骇怕和生气，可如今想起来，那景象确实有一种象征，象征什么？前辈！前辈就是叫你们骇怕和生气，然后企图反抗，这反抗挺艰巨，难有胜算，不定能打个平手。有强悍的前辈是我们的好运气！

许多事情在同时发生。被遮蔽的历史继续揭露出来，1980 年第 1 期，张一弓《犯人李铜钟的故事》，仔细回顾，小说描写的事件，正嵌在《创业史》和《艳阳天》两个时间段之间，那如火如荼的农村建设景象之下的阴郁突起在眼前，可谓惊心动魄。历史批判越来越深入，不止是简单的愤怒，与《大墙下的红玉兰》一年里发表的，还有冯骥才的《啊！》。这一声“啊”，可说别开生面，还有那个惊叹号，流露出惊愕的表情，于是，悲剧便预示了荒诞的喜剧感。之后，1981 年第 3 期上，王蒙的《杂色》，以抒情的格调重新认识被否定的历史中，具体人生的价值。我以为意义重大无可估量，它使个体超出了全体性的政治遭际领悟生存本质的美学，从而改变命运。再回去 1980 年第 1 期，谌容的著名小说《人到中年》，在我看来，这一个文本有着双重含义。小说中那一对医生夫妇，度着柴米油盐的琐碎生计，可是我们很难忽略“医生”这一职业里救赎的隐喻。我不以为这是作者出于无心为人物作的选择，无心也没关系，事实上，他们就是医生，治病救人是他们的工作。一个百废待兴的人间社会，生活，事业，养儿育女，身体健康，可说千疮百孔，捉襟见肘，要以一己之力补天，最后落得心力交瘁。即使放弃隐喻，回到小说描绘的故事表面，革命也正潜在地发生，政治意识形态在日常状态中解构，也许更接近着事情的核心部分。现实主义渐渐脱出社会批判的窠臼，走向更广阔的空间。接着，1982 年第 2 期张洁的《方舟》，阶级社会裸露出男性中心的真面目。这一代作家，人称“右派作家”，并不完全有“右派”的遭遇，但都是人格独立，敢于怀疑，从这点上说，称“右派”也没错，果真是锐利，总是他们，一层一层破开硬土，垦出新田，种植新天地。路遥的《人生》接踵而来，那高加林其实就是《创业史》中的梁生宝，《艳阳天》里的萧长春，以及犯人李铜钟，都是传统农村的挑战者，但所接受教育的来源不同，不是在土改革命和军旅生涯开拓眼界，而是现代学校。于是，这一个农村英雄便染上小资产阶级的忧郁病，和前辈们不同，他的奋斗充满个人主义的利己性。这一个崭新的农民人格，应当说是“五四”知识分子开启民智的思想果实，自我意识觉醒，终于在半个世纪以后，新时期文学的历史批判中诞生形象。

还是在此同时，小说的叙事模式破旧立新，气势十分张扬。1986 年第五期，马原的小说《虚构》，亮出小说的底牌，揭去了小说在现实前提之下进行的假定性，行为与口号多少是鲁直的，却可显见得颠覆的决心，仿佛是说了再做，义无反顾。接下去的情形只看篇名就可略知一二：《信使之函》、《迷舟》、《一个谜语的几种猜法》……这就是新时期文学史上被称为的“先锋文学”。在信息量流通的今天，与其学习的西方现代主义对照，无论发生的背景还是实践的方式，也许有许多可疑之处，甚或至于，它对我们方才回归不久的经典现实主义表示的不敬，一定程度破坏了循序渐进的自然过程，引起基因突变，结下催熟的果实。可是，我们不是封闭得太久了吗？一旦开放，怎么挡得住八面来风，又怎么挡得住天地造化的时机！我原先以为，先锋文学带了一股子蛮劲，将到此为止分野明晰，目的清楚的文学潮流冲出堤坝，溃散了力量；多年以后，我似乎隐约意识到，就是这溃散，将各个运动的思想集合起来，或者说混淆起来，你中有我，我中有你。还是那句话，文学以破除而实现创造，即使取消，一旦进入虚构便又成为存在，甚至比真实的历史更要肯定，因为它脱离了时间的流逝，承载于另一种质地坚硬的载体，想像的记忆。

回首望去，那一段日子简直眩目。我尝试将事情一一排序，以因果为列，编年选显然也是为此努力。但依然不免交替错落，似乎能量在一瞬间爆发，已经不能确切纳入某一个概念。1988 年第 2 期叶兆言《枣树的故事》，下一年里苏童的《妻妾成群》，题材与写法都越出新时期文学的主流，倒是接近着更前代也更边缘的民国小说。从“五四”继承而来的新文学理论都难以为其命名，似乎无法解释它的来源，因而无法推测预示着什么样的趋势。然而，它们的陌生和新鲜却触目地流连在视野，无法忽视。在这令人激动的困顿中，80 年代落下帷幕。

我想，下一个世代是接续和发展了上世代末的无名状态。王朔出场了，有人将其标以“痞子文学”；可李晓《叔叔阿姨大舅和我》又将痛楚从玩笑中打捞出来，恢复了严肃性；《老旦是一棵树》里，几千年不变的乡土变形了，再度瓦解严肃性；余华来了，再将荒诞拉回正剧，却推向地老天荒的远景，诡异的是，《活着》的那名流浪歌手似乎来自《动物凶猛》；然后是《接近于无限透明》，几乎没有任何准备的，世界进入抽象，之前所有的具体性在此演化成自然法则……你不能说事情完全断了连贯性，在纷繁的表面之下，一定有着某种潜在的关系，包含着更严密的逻辑。李锐、莫言、尤凤伟，这些寻根运动的领军人物此刻方在编年选中露面，却已是新表现。方方、池莉、韩东，被短暂地命名为“新写实主义”，我猜测，多少有些勉力而行，大约企图为他们笔下的市井图画作一个归纳。市民生活可说是五四以来文学的尴尬，或者成为新感觉派的颓废景象，或者是做左翼作家批判对象，在这时候却呈现出人生价值。“新感觉”这三个字其实不足为其定论，何况，写作早已经超出任何范畴，写作者也不愿驯服于概念的划分，兀自活跃变化，比如说阎连科，迟子建，还有毕飞宇，你说他们归谁？概念在积极修正和扩容，不是加进了东西，北村，李洱……依然无法概括漫生漫长的文学现象，于是，“新写实”也半途而退。这景象，令我想起作家阿城的一篇小说题目：遍地风流！

从编年选目录看，无论作品还是作家，都出现密集的状态，不再有独领风骚的人和事，取而代之的是四处揭竿。众声喧哗之下，也是能量分散。汹涌澎湃之势逐渐平息，激情和才华平均分配，可是从另一个角度看，这大约就是文学的常态。不再有过度抑制之后的井喷；不再有一代人和几代人的压缩换来另一代人的膨胀；不再有封闭之后的泥沙俱下，而是依着万物生长的规律，有四季更替，春种秋收，丰歉并蓄。大自然的运转有着自己的周期，盛衰相易，好比寻根运动提出文化的概念，如今已成泛滥，后缀于各种名词，又进一步演化成“国学”，促进外交战略；80年代人性观，派生出利己，私欲，感官意识形态，陷入道德虚无，等待又一代愤怒青年起来反抗。分散的能量正在暗处聚集，认识也在酝酿之中，思想即便在那个禁锢的年代里都没有停止工作，现在就更不会休息，只是需要时间。从人类史的长度来看，十年，二十年，以至六十年，距离我们都不算太远，难免会有盲点，再等上一个十年，二十年，六十年，也许才能露出端倪。历史中的虚构轮回地递进，这也是虚构中的历史，它不是忠实，而是诚恳地我在，我看，我思，然后我写。《收获》编年选就其亲历亲为而记录下了这些。

2013年4月10日　上海

[“《收获》年度经典作品精编（1957—2013）”，即出]

遥想手工业时代

现在我常检讨，我为什么会一直拒绝读派屈克·徐四金的《香水》？原因大约是人们对它的评价，多是从畸形人格、诡异谋杀的解释出发。在除净鬼魅的现代社会里，只有依着心理病学理论，才可制造出神奇故事似的，是对想象力的代偿。然而，无意中读了同一位作者的《夏先生的故事》，却受了感动。这部篇幅较小的小说中，写了一位夏先生，他总是在走，往前走，无论风和日丽之下，还是狂风暴雨里面。这个讲故事的小孩子，常在他失意的时候，看见疾走的夏先生。随了年龄增长，他的责任渐长，约束越多，他开始学习周旋，而夏先生则终于走到湖水里，无声无息。这个怪异的行为，由于叙述的单纯性，以及涵义的适量，倒有了一股天籁，使故事变得较为自然，克服了外部的反常，因此而容纳了内部的不真实。这部小说 ，有一种轻盈的气质，类似童话格调，令我神往。于是，我又读了这一位作者的另一本薄书，《鸽子》。写一个银行守卫，某一日在他住所门前撞着一只不知何处飞来的鸽子，吓着了他，为躲避这意外的侵袭，他在外逗留一日，夜晚则寄宿在旅店，他数十年的循规蹈矩的生活就此打开一个缺口，透进不适度的空气，封存在严格的日常作息制度深处的记忆，此时解冻出来，涌上眼前。也是一部构思精巧的小说，叙述同样保持着单纯的态度，是我所喜欢的。当然，它不可避免地具有着现代小说的象征特性。现代小说总是有一种材料紧缺的危机，于是要节约能源，加大利用：代指，比喻，暗示，象征，举一反三。可这就是我们所面临的现实，生活日趋相似，写作则比任何一个时代都要广泛与大量。有时候，不得不屈就自己的口味。这样，我就看了《香水》。

要说，《香水》依然是含有着或者说利用着象征的杠杆，就是那个制作香水的奇人，格雷诺耶，他具备着超人的嗅觉，以及对气味的狂热爱好。这外部的超常性质，往往只能使用强行赋予的含义来解释，才可合理存在。然而，事情却在这本书里起了变化。这一象征性质有效地进入情节，参与甚至主导全盘因果调动，缓解了它的孤立处境，于是，特指含义便自行消退。小说开始，对18世纪的巴黎的描绘，洋溢了古典主义的写实风格。一个新陈代谢旺盛的城市，从它恶臭的气味中，凸现出来。这是早期工业社会的体味。人口骤然密集，拥簇在弹丸之地共谋生计。机器还未完全替代身体的劳动，生活的运转在手工操作之下，一切都带有着裸露无遮蔽的形态。就在这鼎沸世界里，格雷诺耶诞生了。他的异禀，我宁愿看作是一个工匠的天分，一个脱胎于热火烹油之势的手工业社会里的精英。他具有着异常灵敏的嗅觉，这种发达的感官其实是手工业劳动历练的结果，在一代一代的师承之下，量变达到质变，陡然成为本能的禀赋。手工业生产方式，最能创造出感官的奇迹，它发掘并发扬感官的潜能，将人的手变成神的手。格雷诺耶这一个神，在这个壅塞着各种污秽气体的城市里，悄然生存。这些污秽气体是手工劳动的原料与排泄物所蒸发出的。如此多人聚集在一处，远超过土地自然面积的承载量，于是，所有可用来作生产资源的就都利用起来，违反着自然增长条件的原则，试验与实践着各样的生产活动。许多奇异的物质产生了，同时，遗下了更多的渣滓。所有这些，都以各自异样的气味溢满了这座城市。格雷诺耶饱吸着这些气体，他有着极强的气体吸纳力，以及辨别力。他的身体，就是一座作坊，可以在他体内制作任何气味，问题在于，如何外化出来，使之在一个客观的物质世界里实现。故事的主要部分便是寻找制造的方法：设法到巴尔迪尼，这著名香水制造商的作坊去，做一名伙计，尽快学习制造香水的程序和技术。他首先学了蒸馏法，可蒸馏法很快就不够用了，它无法制作出更多的气味。这些气味他分明都能想象，却无法物化。他尝试用种种常规之外的东西作原料，玻璃、皮革、金属，却都是无用功。然后，他便往南方去，学习提取法。等他掌握了使气味物化，也就是制作香水的方法后，他的目标便也更上一层楼。巡遍他所收集到的气味，他以为最高级与精华的气味其实是人的气味，那种没有被人生、阅历濡染过的、少女的气味，是气味之皇冠。故事就此到了目标阶段，他成了一个猎杀少女的刽子手。我以为有趣的一笔是，他为自己制作了一种人的气味的香水，而他原本是没有气味的。要说象征，这个象征大约是作者的本意，那就是，人性通过模拟制作，成为可生产的物质，这可说是工业时代的特征与结果。然而，这个象征依然不脱离情节正面的因果关系，平息了它的意义针对性。所以，这已不止是象征，而是事情的本身和全部，那就是，一个轰轰烈烈的手工业时代里的英雄业绩。

相隔不久，我看了一本英国作家安卓·米勒的小说，《从月亮来的男孩》。这位出生于1960年的作家还是一个陌生人，小说英文题目的原义，大约是“灵敏的疼痛”之类的。这本书，与《香水》惊人的相似。也是18世纪，也是有异秉的男孩，生来没有痛感，并且能够迅速愈合创伤。他曾经被卖假药的看上，带他到集市上表演，以招揽顾客。然后又被一个富有的收藏家偷了去，与其他的收藏物存于一室，其中有连体双胞姐妹，半人半鱼的水中生物。后来到了一艘远洋舰船上，与船上医生做了朋友，学来医术，最终成为一个出色的外科医生。由于他没有痛感，便无从了解肉体的感受，下起手来很没有顾虑。在他冷静客观的手下，一例例外科手术完美地成功了。对，詹姆斯和格雷诺耶同样的冷血，不同的是，詹姆斯的冷血与他的异质以及成就的事业相关联，而格雷诺耶则多少是附加上的，免不了与病态人格染上瓜葛，为现代主义小说诠释提供了说辞。在这个与《香水》极相似的外部形式里，从此处开始，故事就有了不同的走向。我非常喜欢那走江湖的训练詹姆斯叫痛的一节，因为他的表演第一幕是对受伤感到剧痛，然后才有第二幕服药，第三幕显示神迹的情节。可他从来不知何为疼痛，所以他的表演或是不足，或是夸张，总不能令人信服。走江湖的特别请了一个穷途潦倒的悲剧演员，教给他表演的技能。而最要紧的是，亲眼目睹收集人们痛苦的表情，以供给资料，就像格雷诺耶收集他的气味。那江湖大骗子，将男孩掮在肩膀上，穿行在人头攒动的集市，看病苦的人，挨鞭子的人，看监狱门外的行刑。文中写道："它无所不在，这种被称为受苦的东西，而且它有无穷无尽的变体！"这场面有一种苍凉的人世感，而詹姆斯则隔岸观火。等到有一天，突然间，詹姆斯有了痛感，并且，从小到大已经愈合的伤口一并发作疼痛，他顿时变得软弱了。他与《香水》中的格雷诺耶同样经历了一段被视为疯人的日子之后，寄居到善良的乡村牧师家中，度着宁静的时日，放弃了行医。最终，他在一个十分急迫的情势之下，为一名心脏骤停的黑人施行手术。有了痛感的詹姆斯，此时真实地感受到了肉体和人的生存，手术过后不久，他去世了。

这故事读起来，比《香水》更具有古风，大约因为主要的剧情上演于偏僻的英国内省，带着一点中世纪的昏晦气息。外科手术在此与其说是医学，毋宁说更接近手工业技艺。詹姆斯开刀时总要求人为他读秒，以用时少为成就。他也可算作又一个手工业时代的精英吧！当然，这并不是小说的本意，仅只是一个虚拟的背景，可却也令我着迷，不免会赋予夸张的解释。詹姆斯和格雷诺耶都是手工业历史的神降，赐给独特的官能，创造出手工劳动的奇迹。那是个科学技术还未大力发展的时代，机器没有代替人工，而巫术已被文明驱除，于是，只能依仗天才的降临。天才，是人里面的神。

紧接着，我又读到一本纪实小说，或者说是长篇散文：《左岸琴声》。题目的原意是“左岸的钢琴铺”，作者是一名旅居巴黎的美国娱乐界人士，赛德·卡哈特。他以和塞纳河边的一家钢琴铺子打交道开头，记叙了现代巴黎的音乐生活。这使我想起罗曼·罗兰的小说《约翰·克里斯朵夫》中，克里斯朵夫刚到巴黎，四处寻找音乐的真经，结果，他看到的是，四处都是“制造和弦的铺子”。这句大有讽意的话，现今看来，却自有一股文艺复兴的意味，使人很兴奋。《左岸琴声》里，让我喜欢的，就是这种“和弦铺子”式的描写。音乐，卸下虚无的外衣，变成实打实的工匠技艺。从材料到制作，然后调音，再是环境的温湿度，每一项都是技术，但这技术精湛到莫测高深。它源于手的反复操作积累起的经验，由于这一双手与那一双手的触觉，姿势，力度的不相同，所有的经验又都是不相同，甚至不可教授与传达的。于是，经验里面就藏进了工匠的体质与气质，这类人性的特征再又转嫁到手下的活儿——钢琴，这便是富有个性的琴声的来源。

我喜欢看书中描写工匠们的劳动。那钢琴铺老板卢克，在一堆垃圾样的钢琴配件中找一个旋线装置，他整只手臂伸进去搅和着，“好像在凭感觉抓笼里的老鼠似的”，突然用力一抽，找到了。酒鬼调音师祐斯在他清醒的时候，工作起来真是热情洋溢，他一手按键，一手拧调音钉，目光虚茫，等音到了精确的那一点，“他的五官顿时不自觉地放松开来，”调完一组完整的和弦，便发出一阵笑声与感叹。还有，两个配合默契的钢琴搬运工，一个力大无穷的大块头，竟将一整座三角钢琴背在背上，徒步登楼，他那副捆绑钢琴的棕色皮带看起来有年头了，被汗水浸润得发亮，等到了地方，将琴身一斜，他的那位孱弱的搭档立即装上琴脚，再一斜，又装上一个，然后一切摆平。这就像一个古代大力神，降落到现代。更有趣的是，另有一名搬运工，将钢琴搬进卢克的钢琴店后，转而便与卢克谈了一笔交易，一架1820年的艾拉尔，摇身变成一名精明的中介商。一番讨价还价后，终于成交，中介商俯身在一架现代大键琴上，轻快地弹奏起一首巴洛克时期的小曲子。你真是吃不准这些人，艺术就混杂在他们粗犷的体力劳动中，变成一种类似技能的玩意儿。这种个体的生产方式所生发出的交易形式，也是个体性质的，没有公共法则，普遍原则，而是因人而异。比如，要到卢克的铺子里买琴——这家修理铺实际上还经营二手琴的买卖，你必得有熟人引荐，它只与朋友交易。到隔壁罗马尼亚人的铁铺加工一根踏板上的撑杆，也要有熟人的介绍证明，介绍证明也很奇特，就是前边说的，卢克从废料堆里抽出的那个什么装置，送到罗马尼亚人那里让修好，于是，无尽拖延着的撑杆与“装置”一并交货了。

不过，这大约已是手工业时代的余韵了。书中也说，钢琴生产早已经格式化，为了大批量的生产，以满足市场需求，钢琴不再是特殊阶层的特权。也为了最大限度保证产品品质，便不能倚仗于侥幸。那种手工制作的琴，将一棵二百年的树放倒，再晾上五十年方才裁成板子制作琴身，更是不可能有了 。二手琴日益少去，老掉牙的琴最终不得不付之一炬。像卢克那样的匠人们的手艺，也将失传。最要紧的是，人类在手工业时代发达灵敏的感官，将要或者已经走到了退化的下坡路。

2002年12月23日　上海

（《香水》，派屈克·徐四金著，黄有德译，

皇冠出版社1992年版）

日常传奇

贵州人民出版社翻译出版阿加莎·克里斯蒂全集，集拢看来，主要可归成三摊子侦探事务。一摊子是由马普尔小姐主持破案，或者不能说是她主持，而应当说是挤进去一脚，出一二个点子。但是，就这一二下点拨，点到了关键之处，使之真相大白。她并不是一个专职侦探，自然也不会开业，她只是一个传统的维多利亚式的老妇人，受着严格的家教，读女子学校，有过一次未遂的，因而对她的父母感恩不尽的荒唐爱情，终身未嫁，在乡村里平静生活着。因为有一个孝顺的侄儿，有时会出资供她旅行，让她走出小村子，见见世面。于是，就有机会遇到不少奇异的案子。

任何奇异案子，在马普尔小姐眼睛里，都能与她认识的人和事联系起来。而她认识的人和事，就只限于她生活的那个偏僻的小村子，圣玛丽米德。可是，走到哪里，人性不都是相同的吗？马普尔小姐相信这个，所以，这些不可思议的案子，在她看来，总会在这里那里，觉得很自然。倘若有一个案子，让她一时上找不到对应的人事，这才难住了她。她就会在记忆谱里，不停地检索，一旦找到了与此相似的人事，案子便也破了大半。这就是马普尔小姐破案的武器：人性。她就是爱琢磨人性，而且是普通生活中的，普通到她那样狭隘平淡的生活中，日常可见的人性。比如说，有一类女人，好心，善良，热情如火，可是头脑简单，愚笨，无法想象别人的处境，于是，无心中伤及他人，招来杀身之祸。马普尔小姐知道有这么一类人，按图索骥，抓住了事件的动因。其实很简单，可是却能引发复杂的情节。马普尔小姐就拨开纷乱交错的枝节，直奔她认识的那一个结，打开了，恰恰对了，一切迎刃而解。

另一摊子，大约是克里斯蒂探案小说中最为著名的部分，是由大名鼎鼎的波罗主持。他是一个开业的侦探，但许多重要的案子是发生在他退休赋闲的日子里，这时候，他更有权力按他爱好来选择案子。他喜爱的是那些精品案子，犯罪和侦破都能名垂青史，留给后人作教科书。他对案子的着眼点与马普尔小姐不同，倘若说马普尔小姐的“人性”是在事物的内部，他则着重在事物的表面，最外部的一层。甚至还不到脚印，指纹，香烟蒂这一层，而是一种秩序，对称，平衡。好像是抽象的，可在他那活跃的灰色脑细胞的运动之下，它们却构成了具体的身临其境的场景。他可以说是一个形式主义者，然而，什么形式不是由内部逻辑所作用的呢？比如，桌上的巧克力盒，盒盖的颜色不对，这不合乎秩序，不对劲；比如，壁炉里有烧信纸的余烬，可是，吸墨纸却干干净净，没有一点遗迹，这也不合乎秩序，不对劲；再比如，椅子，有什么需要从书桌前抽出来，孤零零地在中间？这又不对劲！从这些失去平衡的物件，他渐渐看见了摆动它们的手。所有的疑点都是稀松平常，一无惊人之处，可却是来自关键性的动作。

波罗的历史不像马普尔小姐那样清楚，他是在克里斯蒂笔下慢慢浮现出来的。起初，他似乎开着一个为人排忧解难的事务所，“您快乐吗？如果答案是‘不’，那么请来里奇蒙街17号”，他的名字叫帕克·派恩，接的业务形形种种。有帮助妻子重新获取丈夫的欢心；有帮助丈夫摆脱对妻子盲目的痴心；还有提供平凡的小公务员一次浪漫的历险，同时又将一份情报送达目的地。抑或有那么几次，他动手破了几桩疑案，露出波罗的真身。原来，这是个比利时人，大战时来到英国避难，住在乡间的小旅店里，当收留他的恩人埃米莉·英格尔索普夫人遇凶的时候，他大显身手，声名远扬。后来，他的日子显然好过起来，他讲究衣着，饮食。可他的喜食甜腻饮料，皮鞋擦得锃亮，小胡子油光水滑，依然流露出低地民族的乡气。

再一摊子比马普尔小姐更为业余，是由一对夫妇主持。他们所以会染指这一行，只是因为穷极潦倒，一无所有，却有着不怕死的精神。于是，被战时国家安全部门看中，做了两名间谍。他们以非正式身份和不规则手段，再加上好运气，总能化险为夷，克敌制胜。大战结束，他们已经是一对老夫妇了，退休在家，却依然渴望冒险。

他们破案的路数，可说一无定规，全凭走到哪算哪。但他们却有着出色的好奇心，这是他们侦破案件的关键武器。也因此，他们的案件多是无中生有，自己找来的。去养老院探望老姑母，遇见一个老夫人，说起壁炉后边的孩子；旧房客留下的旧书里，有淘气男孩画下的记号；等等。侦探工作的大半，都是在找这个旧案，就是说：真的有事情发生吗？看上去什么都正常。可他们就像猎犬一样，鼻子拱来拱去，嗅着气味，渐渐扒开厚土，刨出掩埋的尸体。

除这些而外，克里斯蒂的探案人还有当事人自己，或者证人，抑或只是一个爱管闲事的路人。他们都是普通的老实人，认真过着自己的日子，偶尔卷进事件，沾上瓜葛，情势所迫，不得不去调查真相。他们凭着各自的日常经验，去解开扑朔迷离的谜案，可是，所有的谜案不都是从生活出发？克里斯蒂的罪犯亦多是常人，不是吗？照马普尔小姐看，都可从她那个小村子里找到样本，也是因为偶然性，才造成异常的事端。这异常，又逃不出波罗的眼睛了，他拨乱反正，又寻到事情的本来面目。所以，他常常说，其实真相就在我们最近的地方。

2001 年 11 月 3 日　美国佛罗里达州

（《阿加莎·克里斯蒂作品全集》，阿加莎·克里斯蒂著，

贵州人民出版社 1998 年版）

故事篓子

《圣诞颂歌》是狄更斯的小说集子，收了四个中篇，是以前没有读过的，这回读到了浙江文艺出版社的译本。在这里，狄更斯还原为一个更纯粹的故事家，就像一个民间的游吟歌手，将所见所闻，套盒似地，一个一个套起来；或者链环一样，一个一个拴起来。他走得越远，故事越多，串连的结构也越精密，否则便装不下记忆的篓子，难免就要流失了。所以，民间传说常常是有着一种简单却机动的格式，足以无穷尽地装进故事，然后，一牵头，一串都出来了。当然，狄更斯的故事是有着自觉的用心，不仅在于结构，更在于思想的表述，最终，还是将传说的散漫性收服在一个鲜明的主题之下，区别出一个作家和民间歌手的不同。

《常青树客栈》，故事一并装在一个大肚故事里面，就像鸟蛋卧在鸟巢里。主人公在新婚之际，发现未婚妻更爱别人——他的朋友，出于崇高的利他主义，他决定离开未婚妻，成全这对有情人。然后，他怀着年轻人通常会有的，要使自己更加伤感的心情，他在一个特别凄惨的天气里，踏上了旅途，结果，被大风雪阻在了常青树客栈。常青树客栈几乎是在一片荒原上，周围唯一的村落是靠近苏格兰的英格兰边境小村，格莱纳格林，那是私奔的年轻男女常跑去结婚的地方。客栈是一座阴森古老的房子，客房大得惊人，一到夜晚，黑暗便围拢过来，几乎将人吞没。于是，所有关于客栈的诡异故事都涌上脑海。

第一个故事是一组，来自幼儿时期，一位黄脸保姆的讲述。第一个是杀人的客栈老板；第二个也是杀人的客栈老板，不过这个老板最后遭报应，被人杀了；第三个故事，是黄脸婆将书中的事搬在了她的近亲身上，为使效果更加可怖，这个故事没有结尾，其中气氛的阴惨，则大大超过了前边两个。这些残暴故事却是由一个甜蜜的记忆结束的，那就是他曾经和一个客栈老板的小女儿相爱，也因此而带出第二组会议性质的故事，那就是以往生活中关于客栈的亲闻历见。

第二组故事里的第一个故事，是关于惠特郡，索尔斯堡平原边缘上的客栈里，寄宿的一位巫师；第二个故事发生在瑞士，群山环抱的小村子里的客栈，一名伙计杀了另一名伙计，由一只矮脚公鸡报的案；第三个故事在勃朗峰下的客栈，所结交的几个朋友；第四则是英格兰北部客栈，一个巨大的约克馅饼；第五个故事是有关狂欢节，在康沃尔郡边远地方；第六是威尔士边界的古老小镇，一位服毒自杀的客人，所睡过的那张床的作祟；接着，英格兰的，巴黎的，莱茵河边的，美国的……形形色色客栈，客栈的房间，房客，酒，源源不断涌来，携带着故事的头尾，汹涌澎湃。回忆竭尽了，可寂寞的时光还没完，他只得召来客栈的杂役，陪坐聊天。这样，第三组故事来了。

第三组故事是有头有尾的一个，由杂役讲述的，一对青梅竹马的小绅士淑女的私奔。他们在去往格莱纳格林结婚的途中，在此客栈打尖。这是一个天真的爱情故事，就好像一对美丽的玩偶上演着成人间的戏剧，它驱散了常青树客栈的阴郁。同时，倒霉的"我"，他那失恋与神伤，也变得有些好玩。果然，很快，意想不到的，使他自觉着荒唐可笑的真相就要大白。

终于，雪停路清，又要上路了，客栈里却兴冲冲奔进一个人，就是他那位珍贵的朋友，他愿为之奉献至爱的朋友。他秘密携着未婚妻去格莱纳格林结婚，到此来换马匹，而他的未婚妻却是另一位——"我"的那一位的表妹，兼闺中密友，"我"的心上人从未起过任何外心，"我"的牺牲是多么愚蠢啊！那个大肚故事，也就是盛了鸟蛋的鸟巢，收了边，提起来，满满登登的一兜。

四篇中的另一篇，《不明其主的行李》，说的是一个堂倌，出于好奇心，买下客栈里一堆行李。多年前一位房客，用这行李抵押房租，却再没回来赎取。堂倌将行李中，可变钱的，一一出手，最后余下一包草稿。显然，这是一个不走运的作家，他的文字留在手稿上，再没有走出去，走到印刷厂，变成铅字。这样，我们就跟了这个好奇心重的堂倌，读到了两则故事。

这是两则美妙的故事。前一则说的是一个偏僻的法国小镇上，驻扎着一支军队，一个下士与一个孤儿的感情，最终打动了一位古板的英国先生，使他变得柔情似水。另一则故事不如这一则甜美，而是带着人世激愤，就像是作为对照而并存。说一个天才画家，出售他的街头艺术，以换取温饱。可是，不期然地，随了他的艺术一起出让的，还有友谊和爱情。最后，这位天才便孤寂地在夜晚的街头转悠。这两则故事已经够好了，可是，且慢，装它们这两样宝贝的那个大篓子还没有收口呢！

堂倌看了这些手稿，觉着不错，便将它们出售给出版社，当清样寄到时，行李的主人竟回到了客栈。堂倌向他告白了事实，他也向堂倌说明了原委。他是一个倒运的人，这些手稿被他送出去无数次，又回到他身边，他最后决定离开它们，相信它们脱开他的霉运，便会有好命。好了，这一天终于到了。他花了一整个通宵，点校这些清样，完工后送往印刷车间。结果，如何呢？结果是，清样又被退回了，编辑们不再喜欢它们。这个人的霉气就是这样大，点什么，霉什么。故事篓子封了口，又是满登登的一提。

从本书的后记看，这些小说都写作于狄更斯的早期，从此后，一串串的故事就将诞生出来，规模越来越宏伟，显示出讲述故事的巨大才能。这是小说家的最优质，也是最基本的秉赋。

2001 年 10 月 28 日　COLORADO SPRINGS

（《圣诞颂歌》，狄更斯著，吴钧陶、郭少波等译，浙江文艺出版社 2001 年版）

乔伊斯的脸

去过都柏林后，会发现詹姆斯·乔伊斯的脸很不像爱尔兰人。爱尔兰人通常是骨骼粗壮，体魄健硕，颧和腮比较宽大，那是由于咀嚼硬实的食物，形成发达的咬肌。他们的肤色亦是粗糙的酡色，保留着农民祖先室外劳作饱受紫外线的遗传，兴许还有酗酒的遗痕。可是，乔伊斯却是苍白的。他的脸在黑白照片的混沌底色里浮现，尖锐的轮廓线条划分了这张瘦削的脸，一双表情严厉的眼睛从中逼视过来，鲜明地昭彰出对世人的揭露和批判。就用他对都柏林的定义——“麻痹的中心”，在这“麻痹”的城市与市民之间，他的敏感的神经带给他多少折磨，都可从这张明显受了精神损害的脸上看见。在这座城市里，四处可见这副焦虑的怒容：爱尔兰作家博物馆，乔伊斯中心，乔伊斯的书，以及关于乔伊斯的书的封底和封面，宣传海报，明信片……这似乎不能视为这城市的顽颟，或者势利，似乎也不能简单视为一种和解。MARSH 主教图书馆的管理员——这位夫人是 MARSH 图书馆里第一名女性管理员，于二十五年前来此工作，而在前一个世纪，这里是不允许妇女进入的——被压弯的橡木书架，木笼般的阅览室，关于植物物种的自印的书籍，还留有着古时经院的气息，MARSH大主教曾被乔伊斯刻毒地讽刺过，而这名管理员，并没有忘记指责他：这不公平！因为乔伊斯曾经来到这里阅读过书籍。这是出于年纪阅历，还有女性仁慈又略带小心眼儿的公正心，她不会姑息乔伊斯的过激。

在乔伊斯中心——乔伊斯生命中最后十七年里，搬迁过的十四处住房中的一处，管理员是他的外甥，一个肥胖，因而多少有些迟钝的中年人。他也奇怪地不像他的乔伊斯舅舅，丝毫没有“三代不出舅家门”的意思。他证实了那种说法，就是乔伊斯没有在生前享受过他的名声，人们只知道他是一个写下流小书的人，由于他的私奔事件，整个乔伊斯家族都拒斥了他。都柏林的南海岸，有一具乔伊斯塔，原先是乔伊斯一名朋友的资产，在他写作《尤利西斯》的困顿的日子里，曾经容留过他居住一段时间。这具塔，严格地说，更接近一管烟囱，极其窄细，必须侧过身体，才能挤进螺旋形的砖砌楼梯，几乎是爬着，进去每一层。乔伊斯住过的地方是在第二层，四壁空旷，中间孤伶伶放一张小床和一具小桌，窗户开在接近屋顶的上方，看上去，极像一间囚室。在过去的几十年里，这小屋一定还做过多种用途，可是，在如今的空寂中，却顽强地留有乔伊斯的面容，一个在幽闭中挣扎的灵魂的面容。再往“烟囱”顶上挤去，出了“烟囱”口，强劲的海风吹来，裹着海水的潮意和咸味，看得见海湾，有一个老人在游泳。他奋力划了几下水，又立起，为抵抗海水的寒冷跺足捶胸。这就是乔伊斯的“麻痹”的同胞和乡人？他也和乔伊斯毫不相像。他的鼻头冻红了，肉头的脸颊也冻红了，从色彩鲜艳的泳裤里挤出来的腹和臀上的圆鼓的肉，也是红的，显出一种孩童般的憨态。

可是，在爱尔兰作家中心，有一位前来赴朗诵会的诗人，MICHEAL O'SIADHAI，却奇异地相似乔伊斯的脸——那张我们只能从照片上看见的脸。同样是瘦削而且苍白，有着严重的口吃，尤其当他急于表达他的思想，口吃就越加严重，他的纤长的手指急躁地敲击着讲台，试图从那第一个字“我”的壁垒中冲刺出去。他不经意地穿一件西装，有些邋遢，但决不是颓唐。他的眼睛出乎意外的单纯，这使得他整个面容变得年轻，完全不像1949年生人的年纪。这其实也是像乔伊斯的，因没有世故所以才会认真地愤怒，不惜破坏自己的身心平衡。诗人，当然更有乔伊斯，似乎是存在于都柏林人粗粝壮硕的身体深处的纤弱的神经，他们时不时地作祟，超常灵敏地感知世界，几乎像圣灵一样，辨认真理。这种感知会以叛逆的形式驱动肉体，它的外壳，它们就处于激烈而生气勃勃的冲突之中。等到内外发育成熟，彼此和谐，便以均衡的合力日臻完美壮大。

后来，乔伊斯坦陈道：“有时想到爱尔兰，发现我过去似乎苛刻了。……我从没公正地对待它的美……”这同样不能视为软弱和道歉。他漂泊中暂时的栖脚地以他的名字“乔伊斯”命名；他的手稿从费城来到都柏林展出，其中有他与女友幽会的字条；他的外甥，那个大肚子男人受母亲叮嘱，审慎地说：我们不要拒绝乔伊斯，也不要宣扬与他的亲属关系；他曾经栖居过的，现今的乔伊斯中心，拥簇在都柏林井巷中的露台上，坐着读书的年轻人；《尤利西斯》中那忤逆子斯蒂芬·迪德勒斯从巴黎回到都柏林的1904年6月16日，那一日的都柏林报，被制成纪念品；6月16日，亦成为都柏林人，也是爱尔兰人的节日。都柏林和乔伊斯，终于合二为一。

2004年4月24日　上海

事实和诠释

我一直对米兰·昆德拉的《不能承受的生命之轻》感到不安，它几乎成为我理解力的一个障碍。我不相信它只有我所能看见的那些，可除去那些，我又真的看不见别的。我对自己以及对它充斥着怀疑，为了释解这种折磨人的困惑，我决心以实证的方法分析这部小说，求得客观的认识。

小说的第一部，标题为"轻与重"，头一、二节，正面描述了永恒轮回说的生命哲学观念。因我没有学习过尼采的理论，所以无从补充说明这个，据说来自于尼采的思想，我只能采用书中的解释。从书中看，永恒轮回说生发出了两种极端的事物状态：一是消逝，一去不复返；二是无限重复，永无解脱。前者是"轻"，后者是"重"，大约这便是书名的由来。之后，在第五部，标题又一次取为"轻与重"，就像音乐里的主题再现。这样的主题再现，还进行过一回，就是第二部的"灵与肉"标题，在第四部又再为标题。每当再次出现，其间的思想，就都增添新的内容。在标题同为"轻与重"的第五部里的十六小节，又一次正面阐述永恒轮回说，新增的内容为：会不会有另一个空间，每一轮回都可存留下经验，积累起来，使人类不断提高层次，“日臻成熟”。这是一个积极的内容，前提是不彻底消逝，却也决不简单重复，这第三种状态，命名为“重生”。托马斯的故事，便在这一个哲学的命题下展开。

故事是以托马斯和特蕾莎邂逅为开头。托马斯是个离异的单身汉，一次失败的婚姻把他吓怕了。与前妻不到两年的共同生活，留给他一份交付抚养费的义务和一个不让见面的儿子，责任是具体的，感情则很抽象。为避免复蹈前辙，他预先就不让自己走人甚至只是较为专一的爱情关系，而是与异性建立起广泛的“性友谊”。但是，遇到特蕾莎后，情形有了改变，他们同居了。特蕾莎究竟以什么样的特质来赢得这一项专利的？特蕾莎是距离布拉格两百公里的波西米亚小镇上一个小酒店的女招待。据第二部“灵与肉”里解释，她一一与托马斯相遇是由六次“偶然”造成的，这“偶然”包括托马斯正巧走入她服务的酒店，在她下班出门时正巧坐在门前黄色长凳上，而前一天她也正坐在这里，等等。这“偶然”类似我们中国人所说的“缘分”。相遇之后，特蕾莎便到布拉格来看托马斯，当晚便做爱了。到此，事情还没有超出“性友谊”，接下去的发展，却始料未及。特蕾莎发起高烧，于是在托马斯家滞留了一周。当她在高热中昏睡的时候，托马斯体验到“同情”这一感情：“突然，他清楚地意识到她要死了，他也活不下去。”这一种“同情”，他在之后还会有所感受，那是从特蕾莎转述的死亡梦境中，他又一次得到。第一部第九小节，专门用来谈“同情”这一观念，最后承认“同情心已经变为托马斯的命运（或是厄运）”。大约就是因此，对他来说，特蕾莎不再是性爱的对象，“她像是个被人放在涂了树脂的篮子里的孩子，顺着河水漂来，好让他在床榻之岸收留她”。所以，特蕾莎这么一个单纯朴素的小镇姑娘，与托马斯完全出于偶然性的邂逅，却能够扭转托马斯的生活，也就是说，与他的“性友谊”对峙，是需要附加含义。这些已经超出事实容积量的含义，则需要以诠释来建立。

既然特蕾莎已不是性爱的意义，“性友谊”当然也不应当是了，否则，它们之间就不必如此针锋相对。虽然，在事实上，特蕾莎自觉的抵抗，全出自性爱的常情——嫉妒，但到了托马斯这里，却都具有了存在哲学的意义。否则。事实就太简单，甚至不足为道。“性友谊”于托马斯是什么呢？在他已经承认了“同情”的命运，即与特蕾莎结成婚姻，却依然克服不了“性友谊”的诱惑，“性友谊”的力量在于什么呢？第五部“轻与重”的第九节里，正面回答了这个问题，那就是发现并且征服人类仅有的百万分之一的差别。为什么偏是在女人，尤其是在性上，这差别才吸引他，那是因为性的隐秘性质，差别只可能存在隐秘的部位。“所以，促使托马斯追逐女性的不是感观享乐，而是征服世界的这一欲念。”托马斯的征服是针对世界的哪一点？是否可理解为，永恒轮回说衍生出的“重”的状态，无限重复的状态。他要以差别来瓦解这沉重的状态，以确定一件事情发生过了，便结束了，然后发生的，已经是另一件事情。从此就能看出“性友谊”代表着“轻”的概念，反之，特蕾莎代表着“重”就是事情不可消逝，永远存在，在这种连续性的概念上，

“我们就会像耶稣被钉死在十字架上一样被钉死在永恒上。”然而，也是这同一概念，生活“却可在其整个的灿烂轻盈之中得以展现”。

萨比娜被托马斯置放于“轻”的概念里，但她并不屈服，而是抵抗着这一处境。有一次，托马斯与萨比娜做爱时偷偷看表，事后就受了惩罚：萨比娜藏起他的一只袜子，换给他自己的白色长袜。这可视作萨比娜不服从他派给她的时间观念：消逝的，一去不返的，而要争取连续性。轻和重的哲学命题，就这样承载在托马斯的私人生活情节上，显然是超负荷的，所以必须乘着诠释进行，由诠释提升事实，使其成为哲学的命题。

由性爱情节分配“轻与重”概念的同时，还有另一路情节承担着这一对峙的概念，扩展命题，就是布拉格事件。苏联坦克开进布拉格，捷克的受控不能自主的处境，突现出来，驱散了自由思想知识分子的梦幻。在托马斯，主要情节是从有关俄狄浦斯的一篇小文而生发。

俄狄浦斯在不知情中弑父娶母，待真相大白后，他刺瞎双眼，自我放逐离开王国。托马斯以这个古老故事批评当局对国家命运推卸责任，结果是劝其辞职，离开医院，在布拉格八十公里外的地方谋取一份乡村医生的职业。接着，又被要求出来说明是在某报社记者操纵下写出这篇文章，托马斯当然拒绝去做这几近诬陷的说明，后果是，免除行医资格，做一名玻璃窗擦洗工。特蕾莎呢，为了抵御托马斯“性友谊”的侵害，企图学习“调情”的乐趣，却落入秘密警察圈套，被控“卖淫”，失去了酒馆女招待的职业。他们都成了为祖国不齿的三等公民，或者是去国外寻找自由尊严？可是，他们已经有过去国的经验，结果是，返回布拉格。于是，去和留，就担纲起“轻与重”的概念。这一回，萨比娜的任务更重一些，她总是独自一人进行着“轻与重”的较量。

萨比娜的父亲，在第二次大战之后，所谓“斯大林恐怖时期”被捕，她在幼年就体尝集权政治的迫害。在布拉格事件发生前一星期，她恰巧到日内瓦办画展，由于人们对弱国的怜悯，她的画作尽数售出，她也得以居留下来。在西方，她的受伤害的历史，就此中止，不会再延续，一去不返。她安全了，可是，没有归宿感。她对集权制度的批判精神，在这里，是作为正面的立场受到支持，却并没有使她兴奋，相反，对这种支持感到了厌恶，将它归于：媚俗。此时，她方才明确了自己自小开始一径在反抗的东西是什么，“我的敌人，并不是共产主义，而是媚俗！”她的日内瓦情人，已婚的大学教授弗兰茨，持有着激进的自由思想，照理该是萨比娜的同志，然而萨比娜对弗兰茨的政治热情毫无兴趣，无关乎痛痒的态度。真正属萨比娜自己的，与她具体生活有关系的个人历史，又轮到弗兰茨不共鸣了。我以为，同名为“灵与肉”的第二部和第四部，专述个人历史。叙述肉体和精神如何在经验的压力下互相放逐，再又合二为一，创造了个人历史，这也就是分辨与承载“轻与重”存在的物质实体。回到萨比娜身上，那顶象征性的礼帽，“祖父传给我的”，却使弗兰茨感到不适，萨比娜戴着它与他做爱，他则觉得，萨比娜是在“开一个古怪的玩笑”。萨比娜最终是在国外过着漂泊的生活，她选择了“轻”。立下的遗嘱中，要求遗体火化，抛撒骨灰，她决定“死于轻之征兆”。

弗兰茨也是死于“轻之征兆”。他在进军柬埔寨的国际联盟行动中，不幸丧命于曼谷街头的小混混手中，这是表面的“轻之征兆”。实质上是，他选择了人家的抽象的历史，却割断自己的具体的历史——他的庸俗的中产阶级妻子与女儿。人家的历史是轻，自己的则是重。特蕾莎和托马斯留在了自己的历史里，“死于重之征兆”。特蕾莎是最肯定地选择“重”，托马斯可说在一半程度上受制于特蕾莎，在“性”这一半上。最后，特蕾莎发现托马斯变软弱了，是她使他变软弱，“变成她怀里的一只野兔”。这是“重”的压力所至。他们最终在远离布拉格的乡村，过着几近遁世的田园牧歌生活，这是不是在“轻与重”之间取得的折中？就是前边第五部第十六小节所憧憬的另一个空间，“在那里人类可以不断重生，每一次重生都会提高一个层次，日臻成熟。”在这里，这空间的面貌似乎是回到最原初的，人类活动还未将永恒分裂成“轻与重”两极的混沌状态，就像卡列宁，特蕾莎的爱犬——“狗从未被逐出伊甸园”，就是这个伊甸园。然而，事情显见得并没有进步到“日臻成熟”的境地，他们双双死于车祸，丧身在一辆载重卡车之下，这是“重之征兆”。

这就是经过诠释的《不能承受的生命之轻》。倘若取消诠释，余下的仅就是两个简单甚至孤立的事实：性与政治。在诠释之下，这两个事实，陡然提升到宇宙观的高渺之处。充斥事实之间的细节，则以象征附会，遮掩散漫单薄的自然状态，提供作诠释的材料。由于情节事实的能源有限，与高深的命题相距甚远，诠释的任务就相当艰巨，也格外重要，几乎有取代事实之势。这样的过度解释已成为现代写作的主要方式：一方面，它缓解了材料匱乏的危机，可纵容我们不想象；另一方面，它对现成观念的依赖，又限制了我们对已有材料，即对事实的认识。《不能承受的生命之轻》，由于它的诠释的华丽，这华丽来自观念的对称，平衡，完整，将事实悉数使用，全面提升，真有着令人惊异的效果，是否还由于作者身处与描写的现实的类似性，于是，不免引导了第三世界，尤其社会主义社会的批判性写作。在这里，诠释的材料伴随方法一并传送过来，那就是性和政治。就这样，性，政治，在无度的诠释中，成为历史反思的主要特征。为什么是性和政治。而不是其他，这是又一个令我不安的问题，在释解了《不能承受的生命之轻》之后，它将再继续折磨着我。

2003 年 10 月 17 日　上海

（《不能承受的生命之轻》，米兰·昆德拉著，许钧译，上海译文出版社 2003 年版）

“那个人就是我”

假如没有二次大战，“我”，崔弗斯小姐将如何度过她的青春岁月？她渴望冒险的性格，已经让她在传统生活里脱了轨，她还是个意大利寄宿学校女生的时候，就在一个罗马小旅店的经理那里，献出了贞操。这几乎是正常日子里，女性最大的冒险了。然后，她就过上了一种开放的生活：穿最新流行的服饰；抽强烈的土耳其纸烟；在深夜的酒吧喝酒，跳舞；打网球，旅行，还有谈情说爱。崔弗斯小姐说：“如果我是男人，我会被看成一个见多识广、享受美好生活的贵族。”可是不幸她身为女性，所以，事实上，在众人眼里，她只是一个类似尤物的人物。她的石榴裙下，簇拥着热情的异性，表露出浪漫意趣，却没有一个人向她求婚，愿意同她共度此生。似乎是，她要想有一种冒险的生涯，就只能到男性的群落里去寻找，但必须交上正派女人的名誉作入场券，于是，她也再别想获得正当的人生幸福。她本意并非放弃社会的人生，相反，是为要斩获更多的价值。可事与愿违，她被驱入社会的别径，得到的只是浮光掠影，基本的权利没了她分。

她所以有这样不甘平凡的愿望，大约来自她对父亲的崇拜。在海军任职的父亲，生活相当有色彩，他周游世界，每个港口都有他的女朋友，当然那是在婚前。婚后的生活不免是沉闷的，可是，第一次世界大战适时地拯救了他，他再度出发，转战南北。在崔弗斯小姐的家族里，凡是男性成员，几乎都过着浪漫的生活。除父亲外，还有一位曾舅公，是神职人员和旅行家，他收集世界各地的东西，可以见出他的胸襟很广大。她的祖父是19世纪中期英国驻马赛的领事，长期生活在本土以外的异国他乡。这些因素使得崔弗斯家族一反英国人的保守传统，而是有着一种向外发展的气质。但这只是在父权制的家族意义上，与此同时，女性成员依然过着封闭的生活，男性的自由自在结果是更加深了她们的寂寞。母亲在家中的影响极淡薄，尤其在父亲的辉映之下，声息就更微弱了。看起来，外婆和姨妈希尔达都是独立的人。外婆显见得是有钱的女人，外公是谁？没有提及，寡居的外婆是否因其缺席，所以能够自由地发展个性？虽然充其量不过是在她的维多利亚老宅的范围里。外婆也喜欢收藏，房子里堆垒了许多大箱子，最具有开放性质的收藏品是一辆汽车。姨妈希尔达也很有钱——当然，崔弗斯小姐的母亲同样有钱，不过是做了一份嫁妆，方才钓得金龟婿，希尔达姨妈则将其悉数留给自己，代价是不结婚。可即便是付出代价，亦不过是活动于社交圈内，做一个时髦的人物。

按理说，这种冒险的性格更应该降落在哥哥罗伦斯身上，所以是由崔弗斯小姐担任遗传，除去先天的素质之外，似乎，也出于父亲任性的选择。父亲就像家里的上帝一样，他选谁宠爱是谁，选谁受屈抑也是谁。由于他想要一个女儿，崔弗斯小姐恰巧是一个女儿，所以就将他的好心情全划给了她，母亲和哥哥只能在他的坏脾气里过日子。他给女儿讲述他的海外传奇，战争故事，同时传给她家族的格言：“不害怕，不畏缩。”这格言怎么理解也不是什么微言大义，重要的是，父亲成了崔弗斯小姐的偶像，她总是努力着要使他对自己满意。让人为难的是，这个世界并不能提供机会，给她去“不害怕，不畏缩”。她用尽她的勇敢和想象力，亦不过是在情爱的沙场上搏击。然而，如同前边说的，情爱已经迅速地消耗了她的社会资源，也在消耗她的心力，对刺激的敏感度在减退，她只能期望奇迹发生，用她的话说，就是：“唯一的方法是找更重要更有胆识的男人，如此我才能有更大的冒险等着去尝试。”我理解，这个“更重要更有胆识的男人”，不仅在于具备超出以往情人的新素质，还在于，会提供给她另一种结局，不再是“以破碎的心结束”。可这个人在哪里呢？生活日复一日，顺流直下，偶尔会溅出一些飞沫，就是像崔弗斯小姐这样出轨的人和事，但转瞬即逝，主流永远不会改变方向。

然而，当战争来临，情形就不同了。战争是一种蛮横无理的力量，它整个儿地颠覆了日常秩序，在对普遍人生降下灾难的同时，也将一些超常的精神拯救出危险。

崔弗斯小姐立刻嗅到了气息，这是出自本能的敏感，敏感到将会有重大的契机向她走来，不可错过。她报名参加红十字会，希望能担任救护车驾驶，但被告之，救护车驾驶也必须接受护士训练，在前线无法分工细致。于是，无论她情不情愿，她都得先做一名护士。等到获取护士资格，她再次申请做一名驾驶，这一次的回答是驾驶已经太多。依然是不情愿地，她作为一名护士跟随法国远征军前往芬兰，参加百沙摩行动。可是冬季战争提前结束，他们滞留在了瑞典斯德哥尔摩。当再次开拔进发芬兰，战事又发生变化——德国入侵丹麦、挪威，继而进攻荷兰、比利时，欧洲重新划分敌我，法国处境复杂，因此，自愿者被遣散回家。生活是走出了常态，奇迹依然不知道藏在哪个犄角里，亦不知道将赠送哪一位。她需要耐心，并且，还需要有主动性，不仅是等待，而是创造，创造和奇迹的邂逅。

事实上，此时她已经忘记了出奇制胜的人生使命，只一味地为战争激动。整个世界都在历险，她那一点小小的寻求刺激的欲望，简直是沧海一粟，再显不出离经叛道的表情。相反，她的气质比一般人都更合乎战争的需要，那就是面对危险不是畏惧，而是格外地兴奋。当她再次出发，跟随戴高乐自由法国的外籍军团，在开拔的火车上，她从车窗里照见自己，穿着简朴的戎装，和往昔那个时髦的女人判若两人。她说："我有一种奇怪的念头，穿着这个样子的新衣服居然觉得很满足，觉得很适合我。"这真是两相情愿，战争将她纳入主流，她呢，适得其所。

他们在利物浦上船，驶向不明目的地。这一次出航从某种意义上说，有些像中国红军的长征。中国红军是往大陆的腹地寻求支持，戴高乐的自由法国则是往法属殖民地，收集聚拢反对维希投降政府的力量。于是，这支船队辗转来到非洲，一路经历了湿热、鱼雷、纪律管制、小型的战事以及带来的伤亡，还有时局的急骤演变。在她摒除社交圈的浮华，性格呈现本质的同时，冒险生涯也裸露出了实质，那实质简单到就是肉体的折磨，以至于，濒临灭亡。但是，这只是实质的表现部分，作为动力的另一部分，则有着恢宏的内容，那就是法国和世界的正义前途。所以，她说："这是我生命中第一次觉得真正活起来，而且眼光也跟着更远大。"我们应当将此视作崔弗斯小姐为邂逅奇迹正积攒准备，她已接近命运的转机。

这转机就是新来的医务指挥官不会开车，附近也无任何会开车又有驾驶执照的人，当仁不让，崔弗斯小姐做了他的司机。虽然这是一辆老爷车，几乎无法启动马达，指挥官的土著传令兵自有氏族部落里的性别观念，完全不听命她的调派，可不管怎么说，她到底是做成了一名战地驾驶员，得以向她的冒险生涯挺进一步。人生的馈赠其实并不是盲目钦定的，它选择的总归是最合适最胜任的人。在叙利亚南部的车途中，突然遭到袭击，所有人迅速从车上滑下，各自寻找掩体。轰炸停止之后，崔弗斯小姐第一个从车身底下爬出，迎面看见一个几乎与她同时站起的金发男人，站在离她十尺开外，那就是柯尼克上校。此时此刻，我们知道，选择决定了。

她曾经说："唯一的方法是找更重要更有胆识的男人，如此我才能有更大的冒险等着去尝试。"如今，她已经获得更大的冒险，是在男人之外的途径，可是，一个"更重要更有胆识的男人"不期而至。这在某方面应了中国人关于机缘的说法："有意栽花花不发，无心插柳柳成荫。"但从实证的观点看，更大含量的机遇总是给予更广阔的胸襟。这时候，她几乎连自己的性别都快忘记了。作为一个女人的趣味只是心血来潮似地，忽然回到她身上，于是她就会去寻找一些完全不派用场的丝质内衣，或者一面镜子。她和军团成员就像兄弟一样相处着，甚至，很奇怪地，她与军团指挥官阿密拉克维力的恋情更像是一对同性的友谊，而不是发生于异性之间。阿密拉克维力曾经宣布，要赠予崔弗斯小姐一个别号，就是“小姐”，他的话很有意思——“毕竟她是我们之中唯一的女性”，就像他方才认识到这一事实似的。这就是她此后一辈子认作荣誉认作自己的家园的军团。在战后重新审核中，她在申请表格上模糊了性别，突破戴高乐的戒律，成为唯一的女性军团成员——“后勤补给准尉”。

和军团的弟兄们一起，享受着粗犷的生活和友情，是可获得平等尊严，代价是克服女性的特殊需要，而一旦回到女性的角色，遭遇总是不愉快的。在哈肯井的艰苦日子里，她一直梦想着好好吃一顿，等劫后余生，憩于埃及亚力山大城，她走进全城最好的法国餐厅，却被安排在厨房边上的桌子上，理由只是，她是女性，餐厅里统是男性军官，军阶又都比她高。

可是，有了柯尼克上校，情形改观了。作为自由法国上层人物的驾驶员，她可以进入战争和政治的核心，随了柯尼克上校升为将军，她也越进越深，抵达历史的前沿。于是，她的冒险便上升到更高境界。同时，柯尼克上校是那样一种男性，他似乎也在长时间积攒着对崔弗斯小姐这类女性的赏识。他没有被战争的异常环境模糊眼睛，而是相反，他比在沙龙里更能识别女性的特质。他称呼崔弗斯“小姐”，在她生病住院时，送去鲜花和巧克力，请她共进晚餐。最可贵的是，他并不因为认识她的性别而损失尊敬，有一次，他竟然庄严地向她行了一个军礼。终于，他向她求爱。在崔弗斯小姐呢，似乎出自一种真正的心心相印，她没有像以往接受军团成员，比如阿密拉克维力那么兄弟情谊式的爽快、简洁，突然变得谨慎。是不是不自觉中，她意识到这将是一场名副其实的男女情爱？她说：“我如果与一位男人睡在床上，我希望彼此都是认真的。”一个女性对爱情的需要，此时又回来了，不是以冒险的面目，而是普遍的正常的要求。在更为壮阔的冒险生涯之下，昔日渴望的奇迹，恢复了它的平凡的真相。崔弗斯小姐现实地考虑到上校是有妻室的人，还考虑到在此种特定背景下的感情有几分真实性。当然，最终她没有抵抗住上校的魅力，而上校也没有辜负她的妥协，他对她倾心倾意。更重要的是，这一段关系以超常的激情弥补了它无法给予美满结局的缺憾。

由于是和他，这个“更重要更有胆识的男人”，柯尼克上校，后来的将军，他们的爱情便展开于历史的前锋地带，以一种奇异的方式。她是他的司机，驾他参与自由法国和维希政府的谈判，签订停战协议，穿行叙利亚、巴勒斯坦、黎巴嫩……夜里，他们同床共枕，亲密无间。在战事偶然的平静间隙里，他们甚至获有一小段家庭式的生活——在贝鲁特，他们居住在一所山脚下的小房子，她就像一个真正的主妇那样操持家务，管理厨房，修整花园，还有夜间的如胶如漆。当然，她必须居住在司机的小房间里，正式的晚宴上，她也分桌另餐。这秘密的偷欢，因是在战争的非常环境，于是有了一种死生契阔的严肃意味。但这还只是巨大激情的序曲。

经过一些战斗与间歇的日子，也经过一些离和聚的波折，他们终于来到哈肯井。哈肯井——这一块不毛之地，处于大利比亚沙海之中，曾是意大利部队的要塞，后被放弃，“沙漠之狐”隆美尔在一段时间的静止之后，忽然调身，面对沙漠，于是英国匆忙调集队伍，命令自由法国的重型武装部队占据哈肯井，哈肯井重又成为阵地。哈肯井处境险恶，南方是严酷的撒哈拉大沙漠；北方和东方是英国第八军，于是布下了五十万个反坦克地雷；西方一百公里处则是隆美尔。她和柯尼克将军各在不同的掩体，难得见面，偶尔见面也是执行军事任务，她依然是他的司机。静守三个月之后，进攻来临了。哈肯井的顽强抵抗惹恼了隆美尔，他亲自率军前来，屡次受阻，下了最后通牒，却被将军拒绝。战事越来越严重，进攻，轰炸，炎热，缺水，德国军队与意大利军队眼看着合围，将哈肯井包裹起来。这一夜，将军来到崔弗斯小姐的掩体，告诉她明天将要突围，让她作好准备。当她进一步问道：“我们要去哪里？”将军回答：“去约会。”

这可说是全书的高潮，他们的爱情，在此达到最激越的沸点，崔弗斯小姐一直期待并准备的历险，亦抵达目标。事实上，这已经将爱情推出享乐主义的窠臼，进入生死存亡绝地，似乎是脱离了爱情的本义，又像是贴近爱情的原旨——就像《呼啸山庄》里描述的，爱情总是选择那最有生命原动力的人格实施它的对抗。“约会”这个字眼，来自将军最喜欢的一首诗，每一个自然段都以“我与死神有约”开头，现在，“约会”的时刻到了。还是她，崔弗斯小姐，开着他的座驾，从地雷阵，狙击的火炮中开出一条血路。真是天保佑，他们居然杀出来了，死亡的约会又回复或者说进行到了爱情的约会。有了哈肯井的经历，还有什么能再激动人心呢？即便再有，他们又是否具备同样的勇气和热情承接？许多事情都只能经历一次。

崔弗斯小姐和将军的关系，还拖延了一段。倘若是虚构的小说，那多少是狗尾续貂。可这是纪实，现实中，人必须忠诚地跟随事态走到底，无论结尾如何扫兴。接下来的情节确实无味，将军的妻子病危之际，他们甚至开始谈婚论嫁，就像一对日常生活的男女。可是将军的妻子又神奇地痊愈，于是，他们终落入无果，分道扬镳。

书的结尾，年迈的崔弗斯准尉由老朋友陪同，去看一个军事展览。她坐在轮椅上，被推入展厅，眼睛扫过一张张泛黄的地图、照片，最后落在一张将军的照片上。将军从福特车的天窗站起来，隐约可见驾驶座上有个人，面目不太清楚——“不过，我知道那个人就是我”。当生活回复正常，她的身影就又退入模糊。

初稿 2005 年 11 月 12 日　香港

定稿 2005 年 11 月 20 日　上海

（《北非丽影》，苏珊、崔弗斯著，谢青峰译，

新星出版社 2006 年版）

隔断与打通

事情在开放的背景下发生，倘不是“小侦探”这个人物，带来经典推理小说的传奇气息，那么很可能就是一部社会小说，如日本的《金环蚀》、《华丽家族》；加拿大阿瑟·黑利的《航空港》、《钱商》；意大利马里奥·普佐的《教父》。尤其，事情的要角，温纳斯壮，是在世界冷战结构解体，苏东市场经济草创时节发达起来的资本家，现实感就更加临近。西方资本体系对后盟入的东欧经济的盘剥，投机者集团在国家体制、制度和司法上的受益，都让我们准备看到一幅揭露和批判的图画。当然，是以探案的形式，那小侦探与大人物的对峙则是现代的孤胆英雄的类型片。悬念与破解将在具体的社会场景中展开，推理所依凭的条件从而也更具体，商业规则，政治方针，律治策略，国际形势，都可进入情节，体现出作者新闻记者以及政治活动家的特长。

可是，德拉根·阿曼斯基的出场却预示着一种变数产生，他所担任执行官的安保公司接近于侦探事务所，如同阿加莎·克里斯蒂笔下，波罗开在伦敦大街上的那一间，但规模要大许多，体现出现代企业大范围分工合作的体制机制，相比较，波罗那一个就接近于手工业作坊，也像是皮包公司。可无论如何，古老的推理小说因素在渐渐加入进来。委约单进来，又神秘地中止，标的转向另一人，小侦探——方才从与温纳斯壮的官司中败北，所有的事实都那么明显，只苦于缺乏证据，窝着气，又临了丢饭碗的下场，忽然接到差使，报酬丰厚，言辞恳切，非他莫属的样子，对于失意的人不可不谓是一个安慰，不妨就试一试。于是，就上了旅途。

海泽比的镇区沿瑞典东岸与芬兰西岸之间的海湾——尼亚湾，自大陆延伸，经一座桥进入小岛，形成一个相对独立的镇中镇。有一日，桥上发生车祸，将小岛与外界隔离，直到二十四小时之后才疏通。就在这个时段，岛上居民范耶尔家族一名女性成员失踪了。故事就这样走入经典推理小说情景之中，犹如《东方快车谋杀案》、《尼罗河惨案》、《希腊棺材之谜》……在封闭的时空中，没有明显的痕迹，可供利用的条件极有限，相对于如此苛刻的客观现实，有一桩东西却变得格外优渥，就是历史。范耶尔家族源远流长，传奇辈出，恨爱情仇交织，不晓得哪个犄角里藏着真相的原委。因此，就只有一条路可走，案头考证。

在温暖舒适的客厅，多年的陈酿佐餐，听睿智的老人谈着往事——似乎古典的推理小说都有一种感官主义，无论福尔摩斯，还是波罗，都很懂得享受生活。前者喜爱小提琴，后者要粗鄙些，是华服美食，总之，声色犬马。即便是这个落魄的小侦探，至少也有着洁癖，要将屋子收拾整齐，自己也洗洗干净，然后再进行思想劳动。那些过往的历史，古老的姓氏，神秘的遗传，遥远地主宰着一代又一代的命运，在追溯中呈现轮廓。一些零散的片段组合起来，嫁接错的情节拆开了重来，过于夺目的退回到背景中，不经意的却突显到前台。推论的趣味渐渐超出情节本身的戏剧性，这在某种程度上也是感官性质的，有些像做数学题，依循严格的逻辑越行越远，获取智能的快乐。前一代的推理小说家显然比现代的更能领会事理抽象的美妙，那种潜在表面之下的秩序，也许有失生动，但却有着平衡对称和谐的关系，形式感极强。而这一切都承载于虚拟的思维，需要有同等的想象力才能再现。也正是出于这种乐趣的吸引，古典推理小说家就必要将故事放置隔绝的环境中，如同为游戏制定规则。

然而，现代生活具有着强大的物质生产力，创造出越来越多的工具手段，难以拒绝。小说用来命名的“龙文身女孩”莎兰德，便是一位互联网高手，可自由出入任何空间，于是，所有壁障就都凿通了。小侦探着手调查之初，他与家族成员和街坊邻居接触交谈，观察每一个人的态度，表情，性格，事情急不得，需慢慢来，谁知道他们守着怎样的秘密，又在作着如何的暗示！在那小岛孤绝的二十四小时，究竟发生了什么？细节如何拼贴才是最合乎初衷。小侦探在借居的小屋里，床铺整洁，冰箱的储存很富足，大可耐心地工作。一旦莎兰德介入，节奏立刻疾骤起来，与外界的沟通也变得通畅了。在波罗的时代，偷听别人说话都被视为卑下，有辱品格，而莎兰德的黑客却无所不至，已没什么隐私可言。在这敞开的世界里，资讯发达，不必在攫取情报上磨洋工，检索与拼贴的程序则可更有效率地使真相还原，余下的就靠行动来完成了。就这样，情节进入了动作片的桥段。不过还是有所限制，不可能开展汽车追杀，至多不过将人劫到地窖里动用私刑。

莎兰德是个畸人，她生活在社会的正统以外，才能也属偏才，小小年纪阅历无数，不是常人可以想象。经典推理小说中的人力资源多是在上等层阶进行配置，福尔摩斯的助手华生医生，波罗的助手黑斯廷斯上校、女作家奥利弗夫人，尽管波罗出身平民，常被鄙夷为“小市民”、“乡巴佬”，可他的生活也很单纯，并且在丰厚回报所提供的养尊处优中日益脱俗，这些助手大多帮不上什么忙，只是忠心地陪伴在身边，目睹并且记录推理过程。警察在其中可说是阶层最低的人物，只配领受讥诮。现代社会却是有民主性的，出身低下，又不幸流落黑道的文身女孩也可为正义作战。莎兰德的作用不止是在技术上，还在于她为小侦探揭开一个社会面，将小岛上的事件与外界接通了情节。

事情变得喧嚷了，投机商人温纳斯壮从背景浮现出来，故事重又回进现代资本与司法的黑幕中。这一回，小侦探化被动为主动，以著书的方式揭露了这一场权钱交易。在严密的律治之外，还有自由出版的空隙，可供法外执法，小说结尾部分这么写道：“书中有三分之二是附录，而且全是复制温纳斯壮电脑中的档案数据，就在书出版的同一时间，《千禧年》也将温纳斯壮的电脑内容当成研究数据，以可下载的PDF档案形式放到杂志社的网站上。”对了，还有媒体呢，有什么可逃脱媒体的追捕！世界变得四通八达，那种优雅的破案以成追忆似水年华。

2010年3月6日　北京

（《龙文身的女孩》，斯蒂格·拉森著，颜湘如译，
人民文学出版社2010年版）

低地的命运

荷兰女作家玛格丽特·德默尔的小说《灭顶》，故事是从一个别致的游戏开始。这一对孪生姐妹，面目和仪态极为相像，常常混淆，于是，她们便产生一个念头，严格说，是妹妹阿曼达的创意，与通常的性格配置一样，妹妹总是活泼的，异想天开，而姐姐常是驯顺服从，她们决定互换角色地度过一个晚上。姐姐丽娣代替妹妹前往小镇泽兰，庆祝教女的生日；阿曼达则代姐姐照顾外甥女起居，然后与姐夫一同出席舞会。在这一时的淘气放纵底下，其实是好奇心，好奇与自己截然不同的人生，虽说是循着自己秉性而进入的生活，可谁不会有一些贪心，除了自己的那份，再要点别的，又不是全部，只不过一个晚上。

丽娣正处在幸福的婚姻生活之中，恩爱的丈夫和甜蜜的女儿，但想到在很远的地方，有一些与自己完全无关的人在活动着，他们有着什么样的音容笑貌？一旦发现可以亲眼见一见，一同围着餐桌吃晚饭，很难再保持平静。阿曼达呢？原本就对姐姐的婚姻怀有艳羡，体尝一下——仅只是体尝一个晚上婚姻中人的感受，恰好够刺激，也无须付什么代价。对阿曼达这样的女性，婚姻总是有些像坟墓。然后，交换开始了。

双胞胎是一个具有现代主义开发资源的人物关系，它可以作用于镜像、倒错、假借、离聚、分裂，等等的身份认同命题。可是，大约是出于女性作家之手，女性总是关心日常生活超于抽象概念，这一个玻璃球游戏一旦开头，却朝着不期然的方向滚去。

游戏很快变成严峻的现实，丽娣前往的小镇泽兰，当晚发生了大洪水，阻住了回来的路途，从此，她们不得不将互相交换的角色坚持到底。处境是具体的，所有的哲学命题都被琐碎的细节化解，变得空洞无意义。当丽娣出发上路时，与女儿告别，将那个温暖的小身体拥在怀里，想到："只有她才是这个女孩的母亲。"这一个匆忙中的认识，后来不是在丽娣，而是在阿曼达的生活中，将以反证的方式不时提出挑战。与继女娜佳的关系，几乎成为宿命，娜佳永远都无法与她亲近，连先前姨妈与外甥女的那点亲情也消失了。而婚礼——丽娣的死亡终于确证，阿曼达与姐夫也同居多年，顺应形势而成为合法夫妻的婚礼，人人都带着一副窘态，原先的、尽管不正当，却令人兴奋的激动不再有了。在此同时，丽娣这一个无疑是注定优渥地度过一生的女人，却在经历着激荡的变故。大洪水将她带进蛮荒的原始时期，她随波逐流，传递给一个又一个陌生的地方和陌生的人。是本来面目，还是经过洪水改变，这些地方和人都是粗犷的，质朴的，天真的，他们萍水相逢却生死相依，而丽娣自己不也是在改变吗？

最使我深受撼动的一处情节是，丈夫斯约德去寻找丽娣的行踪，希望愈趋渺茫，不得不接受事实，辨认死者。当地警局给他看照片和笔录，有一份上写着：“死者手脚指甲整洁，皮肤白皙，下颏圆润，手掌光滑，无硬茧。”听起来很像丽娣，但却不是。而另有一张照片，一位中年妇女，“样子就像是邻家大妈，双下巴，一头黑色的鬈发粘成一团。”可是，斯约德说：“她的脸和丽娣的毫无相似之处，可是不知道为什么，当我看着这张照片的时候，刹那间，我却突然忘了丽娣的脸是什么样，真的，一点也想不起来了，我也不愿再去想。照片上的那个女人，让感觉很亲切。”这是一个预言，预言什么？那就是如果丽娣继续活着，直活到照片上这女人的年纪，就将是这样的形象，这是她无可躲避的命运。抑或，在丽娣精致细腻的外表之下，其实是一个坚韧，粗壮，上古时代的遗民。是变故所改造，还是回到本来面目，返璞归真，成了原本就是的那一个人。此时此刻，哲学的命题似乎来临了，却是从另一条路径，穿行过所有既定的概念，不期而至。

这一场发生于1953年的大洪水，引起海潮，海堤随之决口，无数条内河堤坝溃决，无数农舍倒塌，无数人丧命水中。许多年后，峡湾中修建起巨大的防潮堤，一旦水位超过警戒线，金属闸门便会自动关闭，从此，这个欧洲的低地国家，再不用担心海潮来袭。这一座大坝在某种程度上改变了地貌和景观，就好像北海上的一座纪念碑。

2011年4月28日　上海

（《灭顶》，玛格丽特·德默尔著，

上海文艺出版社2010年版）

阅读笔记

一

理智与情感（电影剧本）

摄制日记

［英］E·汤普森

载于《世界电影》1997 年第 1 期

如何去理解珍·奥斯丁？简单的道理，打动你的究竟是什么？

是日常的生活场景。

论珍·奥斯丁

［英］弗吉尼亚·伍尔夫　瞿世镜译

伍尔夫认为奥斯丁的价值是“讽刺”的生趣，这种反讽的意趣使日常的场景超越了它琐细的表面，而突现了更具有乐趣的实质。

奥斯丁的誓言是，从不超越她的疆界。伍尔夫写道：“她似乎曾经说过，激情和狂想——她用手杖一指——在那边全部终止，而她的领土的疆界是完全清晰的。”这里的意义是她不以自己的情感去影响她所观望反讽的对象。她始终客观，这“客观”的内容不是“现实”，而是——她不以情感去压抑她的理智。

在她最末一篇小说《劝导》中透露了变化的痕迹，她开始有了自我情绪的透露。

珍·奥斯丁的他

[英] 奥黛丽·霍克里吉

台北新新闻出版公司

写奥斯丁对男性及婚姻的态度，以所存有的她的生活资料：家人的情形，家书，后人的回忆，推断出奥斯丁的女性独立态度。于我来说，此书的好处是在描绘了那个时代，即18世纪后半期，英国社会的婚姻状况、女性的婚姻机会与处境。

此书中，奥斯丁有一个新鲜的面貌，她活泼，对男性有兴趣，并且交际生活相当活跃，只不过为保护自己的独立，而对婚姻持谨慎的态度。

二

鲑鱼

[日] 神吉拓郎

载于《外国文艺》1997年第2期

写一丈夫因“无聊”出走，四年后患病回来，到家三个月后便去世。小说是以妻子给闺阁女友写信为表现，开首几行因丈夫突然归来搁笔，再提笔就已是三个月以后：“他完全像鲑鱼那样，拼命地溯流而归……”妻子不明就里，但丈夫的寂寞却十分凄然。

三

索尼奇卡

［俄罗斯］柳·乌利茨卡娅　李英男译

载于《世界文学》1997年第7期

故事是老套的，一个普通的平民女性邂逅一名受苏联政府迫害的自由主义艺术家，结婚生女。解冻之后，艺术家重新开始自由的创作，结识并爱恋了一个年轻姑娘。妻子容忍了一切，在丈夫死后，为丈夫支持了一个画展。但有几点使它区别于其他的此类故事——

一是这个女性索尼奇卡酷爱文学，尤其是俄罗斯文学，在她被丈夫遗弃的日子，全是在文学里度过的；二是那年轻姑娘亚霞，是个没有精神快感只有生存需要的动物，她充当了艺术家的性别对象，白色组画的模特儿，就是她；三是艺术家是吸吮着西方现代文化成长起来，背弃了俄罗斯文化传统。就是在这几点特殊性上，故事演绎出新的内容。有几种解释：

一、俄罗斯文化的母亲性，它哺育了索尼奇卡，转而救赎了艺术家，使他度过艰难时日。

二、艺术的虚幻性。索尼奇卡所了解的俄罗斯文化其实是书本，文学，小说，她与艺术家在离开各自的艺术之后，进入了生活，方才与真、善、美接触，而当艺术又侵入生活，或者说因生存变得容易，生活的实感消失之后，他们的生活又回到虚幻，虚幻则反过来破坏了生动、活泼、有力的生活。艺术家热衷给女儿做纸玩具，象征了艺术只是模拟生活，而这生活的赝品不堪一击。

三、艺术家从真实的生活——索尼奇卡滑入虚假的赝品——亚霞。

四、什么才是真正的艺术？与索尼奇卡的共同生活是艺术吗？其中有一细节，艺术家发现索尼奇卡做家务有艺术性，显示了智慧和创造力，但他的评价是："蚂蚁的世界也充满了智慧。"他的智慧是体现在画布、布景、纸房子上，它们的结果或是烂在棚子里，或是上了市场，或是进了收藏家的客厅。

四

缀网劳蛛

许地山

珠海出版社

此小说集有：《命命鸟》、《商人妇》、《读〈芝兰与茉莉〉因而想及我底祖母》、《慕》、《无忧花》、《东野先生》、《女儿心》及《春桃》。情调极浪漫，南洋的旖旎风光，想象奇特，至《春桃》，可见向"五四"文化精神靠拢，抵达，落入现实，与社会贴近，因其浪漫奇情的底色，还不至合一，有些“畸”的东西，在他的笔下变得可审美了。但终是靠拢了现实主义。

五

［日］加藤周一　专辑

载于《世界文学》1995年第5期

《羊之歌》，太平洋战争爆发当晚，实行灯火管制，防备空袭，“我”却去看文乐——日本一种木偶戏，才四五个观众，可竟然按时演出了：“这个牢固的世界，充满着女人恋爱的叹息，尽管映现出她所有的微妙的阴影，但它却已升华为某种模式的世界，在三弦与古韧大夫的演唱声里，存在一个没有丝毫缝隙的表现世界。这时候，这个世界不是通过密密层层的观众，而是毫无掩饰地直接与剧场外的另一个世界——军国日本的观念针锋相对，它在所有自我充实性与自我目的性方面寸步不让，鲜明而堂堂正正地表现着它的悲剧性。”这是对艺术世界的描绘。

《游记》，是加藤周一谈艺术最直接的篇章，尤其是一篇《意大利印象》，所谈欧洲古典艺术，观点十分鲜明。

（2002年6月访问日本，我很荣幸地，得以当面向加藤周一先生请教此问题，先生耐心地向我详细解释了他的观点，时至两个半小时，主要有这么两点——

一、中世纪，至少在欧洲，艺术家创作，比如建教堂，塑像，穹顶画，浮雕，他们不留名，目的是为神，但结果，却创造了个性。而到了19世纪，20世纪，发挥个性却成了目的。并且，与所创造的对象，越来越分离。

二、艺术的目的，应是自我以外的东西，中世纪可能是神，到了20世纪，逐渐取消，但是有一个例外，可惜没有实现得更好，就是社会主义的艺术，“人民”的概念。）

六

闲谈关于古代建筑的一点消息

林徽因

载于《文汇读书周报》1997年7月4日

写梁思成测量应县木塔的通信，信中写到：“应县是个小小的城，是一个产盐区。在地下掘下不深就有咸水，可以煮盐，所以是个没有树的地方，在塔上看全城，只数到十四棵不高的树！”由此想到1997年去山西应县，果然无树，但以为古时是有大森林，否则此木塔所用木材如何运来？

七

历史终结还是全面民主

陈燕谷

载于《读书》1998年第12期

批判和质疑弗朗西斯·福山的《历史的终结》：历史是否终结于资本主义？资本主义，即自由主义民主制度是否是人类理想？还有没有改善的余地？

福山刻画的世界，分内部和外部。

内部——自由主义民主原理，自由主义民主制度，实行其制度的自由民主国家，即发达资本主义国家，构成资本主义世界体系中心地带。

外部——没有完成资本主义规定的历史功课的人们。

内部和外部的关系：

一、发展内部的同时生产出外部；

二、内部从一开始就是依靠剥夺和奴役外部发展起来；

三、外部是不是也需要它的“外部”？它到哪里寻找自己的“外部”？

四、回答是否，理由是：A. 外部无法同内部一样，以全世界的资源作自己积累的基础。B. 资本主义，即自由主义民主制度利用并且再生产全球等级结构。

难道历史就在这不平等的结构中终结？

历史的尺度

黄洋

载于《读书》1999年第11期

重新认识欧洲人对美洲的征服。这是否意味了历史的进度？欧洲人进入美洲，是否将印第安文明推进新的阶段？于是需要重新考察印第安人的文明。

公元前1200至公元前400年，墨西哥低地平原上创造有奥尔美克文明，以石雕与宗教仪式中心为标志，培育了玉米，可能还创造了文字；

中国魏晋时期或罗马帝国后期，此地兴起以特奥提华坎为中心的文明，是一个巨大的城市和宗教崇拜中心，有太阳金字塔，人口近二十万；

约同一时期，墨西哥南部，尤卡坦半岛，创造玛雅文明，具有复杂的社会等级结构，发达的城市网络，完备的政治管理体制，精细的农业耕种，象形文字，制定历法；

公元900年左右，这里相继兴起托尔特克文明，阿兹特克文明，后者的都城特诺契提特兰，人口二十五万。

因此，欧洲人征服美洲，可视为毁灭一辉煌文明世界。

中国的人民的现代化

温铁军

载于《天涯》2000年第3期

温铁军在1999年第12期《读书》上所发《“三农问题”：世纪末的反思》，其实是此篇的上篇，说明中国的实际状况和问题，基本上是“一个人口膨胀而资源短缺的农民国家追求工业化的发展问题”。中国经济的起源：“以原始灌溉农业为生存基础”，因而决定了“群体”为生产基础，与西方的采集、狩猎生产方式的个体性质不同，因此是无法照搬西方工业化模式为己用。并以清末以来四次工业化的得失证明其结果：

一、洋务运动；

二、20世纪20至40年代工业化，与前次同样“由于官僚资本提取过量小农剩余”导致革命；

三、50至70年代，相对成功完成资本原始积累，代价是城乡差别，农民贫困化；

四、改革开放，“地方工业化”，代价是严重的资源环境问题。

在《中国的人民的现代化》中，温铁军提出发展的主要矛盾与目的，很有人民性。

一、中国欲走西方化道路的背景、历史、原由；

二、不可能性：“资产阶级民主革命在几乎没有资产阶级的旧中国，事实上不可能成功”；

三、中国的现实，即农村的事实：农民人口众多，生产力低下，农业性生产的自然性特质，资源短缺，政府无法承担这么大量低水平人口以社会保障；

四、于是造成就业结构问题、城乡结构问题、区域结构问题，均是不平衡的危机；

五、中国社会第一大矛盾：就业。“中国到底要什么？我看就是要一条就业之路。”

八

宫体诗的自赎

闻一多

收于《唐诗杂论、诗与批评》，三联书店

宫体诗：严格讲，指梁简帝为太子时的东宫，及陈后主、隋炀帝、唐太宗等几个宫廷为中心的艳情诗。谢朓已死、陈子昂未生之间，声律发明，批评勃兴，但诗的本身，为人所诟病，淫荡，糜烂，荒唐，陈词滥调，文字的“裎裸狂”。

失去的一个自新机会：北方诗人庾信入南朝，没有带去质朴的北风，而是迅速迷醉于酥软的宫体诗风中。

转机：卢照邻，《长安古意》，放歌，气魄，讽刺，欣欣向荣。

骆宾王，巨大的，洋洒的篇幅，真实情感支撑于后。

刘希夷，感情返到正常状态，悟及宇宙之阔。

张若虚，《春江花月夜》——扫清通向盛唐的路。

九

雪树琼枝

陈应松

载于《钟山》1999年第6期

青春，肉欲都是纯洁的，没有受过生活的煎熬与腐蚀，因此也对生活没有认识，又没有防备，对人对己都缺乏了解，终于不能开花结果。莽撞地开了头，走上命运的萎顿的老路。写得干净，简练，平静，但很伤怀。

梦也何曾到谢桥

叶广芩

载于《十月》1999年第5期

旧时代人的爱情，节制，含蓄，所需只是极少一点，不失自尊。这就是体统。在压抑之下的人性，却保持了良好的品质和外形。“母亲”处理“父亲”外室的方式也是礼貌和文雅的，她给“外室”谢娘说成亲，既断了“父亲”和谢娘的路，也替谢娘安排好归宿。尤其是替她找了个石匠，颇有用心，一是庶民配庶民，二是手艺人有衣食生计，深谙世道人心。

吹牛

红柯

收于《九九中国年度最佳小说——短篇卷》 漓江出版社

去找伙伴吹牛的一路写得好，“吹牛”，这一说也好，但一旦“吹”起来，却不尽如人意，没吹开，其实“吹牛”未必是真“吹牛”，真这么吹起来，反吹到实处，应当以实写虚，王顾左右而言他。往往是立意好，展开正面写就不够好，但这样天性浪漫的小说，现在已很少见。

冰排上的英雄

汤国建

收于《九九中国年度最佳小说——短篇卷》 漓江出版社

那兵乘了冰排一路顺江而下，实可写得极精彩。这是多么难得的景观，可作者被现实的英雄辖制住了，放弃了最可描写的东西。

十

玻璃球游戏

［德］赫尔曼·黑塞 张佩芬译

上海译文出版社

描绘了一个思想精神王国，完全独立于生活现实之外，攫取音乐的因素，纯逻辑进行。思想的孤立的训练、教养、培育至高峰，以标志智慧的顶端。克乃西特，这一王国里的精英，以为其作传记的方式，写他在此王国中的发展，从进步到背叛。因是在如此孤立的环境下活动，几乎没有情节的条件，即便是思想的戏剧，也需要有情节进行推动，原因大约有二：

一、此王国用了东方的思想形式作主人公克乃西特的启迪工具和终极目标，担当起故事的大纲，而东方思想其实无方法，西方人的实证手段在此全无用武之地，应用叙述的方式不符合；

二、思想脱离现实，没了表现的材料，不得不落入空泛，没有可依附借助叙述、争辩，展开矛盾的载体。

结局，随小孩游泳，坠入水中，是否暗示此是圣者克利斯朵夫，他是行者的保护神，背孩子过河。

使女的故事

［加拿大］玛格丽特·爱特伍

台北天培出版公司

一个假想的未来革命创立的男性专权国度，问题是：

一、这场革命与发生之时代、社会、政体、男女关系现状的关系？是要检讨发生的原因，还是直接批判发生之后的现状，抑或是预示将来临的危险？

二、这国度的制度，过于简单。女性受压迫究竟来自于哪一种力量、禁欲所遵守的规则，即便从《圣经》中摘下，亦无法解释。似有些从集权制度中想象而来，又不全面。因此，看不出描写这一国度的意义。

（此类作品应是袭《乌托邦》的传统而来。自英国人莫尔于1516年出版《乌托邦》，就有意大利人康帕内拉的《太阳城》，德国人安德里亚的《基督城》，所谓正面乌托邦三部曲，相对于此，又有反面乌托邦三部曲：奥威尔的《一九八四年》，赫胥黎的《新奇的世界》，扎米亚金的《我们》。）

十一

蛛巢小径

［意大利］伊塔罗·卡尔维诺

台北时报出版

孩子在污浊的世界里——底层的人和生活，粗暴、鄙陋、他企图进入，唯有用粗暴与鄙陋，“他已不习惯与善良的人在一起”，几乎掩埋在龌龊的人世里。唯有蜘蛛的巢，精致、美丽的小世界，是他内心深处宝贵的秘密，等待着被揭示的时机。待等到了游击队里，因有一种盲目的被驱使的正义目标，世界渐渐裸露了一点健康的面目：大自然，高原玫瑰，“表弟”，于是，通往蛛巢的小径便开始呈现。

十二

铁道员

［日］浅田次郎

台北小知堂文化出版

此书共收浅田次郎八篇短篇小说，其中《铁道员》曾拍摄电影，由高仓健主演。小说多是灵异故事，特别的是，灵异世界自然地嵌在现实世界中，往来自如，无惊怵之感，反是温柔乡。作者自述“发生在你身上……温柔的奇迹”可用来概括。“温柔的奇迹”发生在粗暴的现实生活里，于是，作者便写出了世人的粗粝，粗暴，自私，残酷，灵异世界是一线慰藉的缝隙。

窗户上的那张脸

［美］Dennis Mcfarland

台北新苗出版

此类电影看过很多，声像声段可制造出任何奇迹，而在小说，只能倚仗文字，以叙述创造环境，气氛，通往灵异世界的现实理由——此是最需要劳动的。故事说的，不外是异域的旅馆，是在老屋的旧址，故人化为鬼魂出没滋扰。但本书中，主人公在两个世界穿行的原由，却触及了伤感的人生，又为此涉足异度空间付出了代价，有了些悲剧的意思。非常引人入胜。

十三

阿拉不是一定要

［非洲］阿玛杜·库忽玛

台北大块文化出版

此书可视为西非独立后部落战争的历史书或时事书。书名为一句长句的前半句，全句是：“阿拉不是一定要对它在这个世界上的每件事都公平。”

殖民统治将非洲的现实切分为两个悬殊的状况：民主的政治制度和原始的生存状态。生活在丛林里的自然部落几乎停留在初民的阶段，政治侵入他们的生活，结果是使他们堕入更深重的黑暗——永不停息的战争，不再是手持长矛，而是冲锋枪，破坏了家园，丧失食宿的基本需要保证，宗教被内战利用，精神的依赖也丧失了，毒品的输入降低了原本就很低的生产力。现代社会的因素，不是和缓而是加剧了困苦，并且看不见前途。

故事是以一个森林中的小孩自述而开展，他出生于森林深处的茅屋里，父母死后，他随一名巫士走出去，寻找阿姨，一路经过不同的国家，全陷于部落战争的离乱，孩子也参加了娃娃兵，亲眼目睹内战的黑幕，最终找到阿姨，阿姨却已死在难民区，而战争遥遥没有终期。

恶童三部曲

［匈牙利］雅歌塔·克里斯多夫

台北小知堂文化出版

三部曲为《恶童日记》、《二人证据》、《第三谎言》。写匈牙利二次大战间与之后，直至东欧解体，一对双胞胎兄弟的经历与命运。第一部略差，第二部最好，其中文具店老板夜里与对面失眠者谈话，文具店老板的命运结局，以及私生子玛迪阿斯，美丽多情而又布满阴霾的小镇在迷蒙中凸现，相当伤感主义。第三部尚可，在概念化的控诉之中，有更有力，即更具生活本质性的情节透露出来，甚至遮盖了意识形态。

第三世界的写作似摆脱不了政治与性的模式，是否源于米兰·昆德拉？亦是西方意识形态的需求？再加上市场的需要？这使得共产社会的情景都限在固定的格式里面，这种格式究竟来自何种规定呢？

菩萨凝视的岛屿

［英］麦可·翁达杰

台北大块文化出版

此为写作《英国病人》的作者，1943年出生于斯里兰卡。

写一名国际人权组织派出人员，斯里兰卡出身、后去西方受教育的女性安霓尤，到斯里兰卡调查人权状况。当地派一名考古学家协助她，在古代洞穴中挖掘出几具新近死亡的骨骸，因此穴只有政府部门特许方可接近，于是便透露出政治犯罪的迹象，展开调查。

此类作品，即描写政治动荡的第三世界小国，统有几种特色：

一、诉求的口吻，向某救世主控诉，所发生的事端总浅近化为暴力事件，引发抽象的人道主义情怀，如书中“小弟”所说：“西方世界只要这么点真实，”是全书中最富有批判性的；

二、东方主义，本地色彩，内容为：神秘，唯心，佛教，心灵术；

三、西方人的怜悯。

不过，其中大约有二十分之一的优点，即“小弟”这个人物，一个疲惫的医生。面对无穷尽的尸首与伤口，只能在儿科病房的儿童床上入睡，坐在病人候诊的长椅，一身血迹，翻几页言情小说——这个形象颇为动人。

十四

靖康稗史

［宋］李天民　王成棣辑撰

中州古籍出版社

此书1993年出版，仅印行一千册，辗转得来，颇为不易。

其书包括《宣和乙巳奉使金国行程录》、《翁中人语》、《开封府状》、《南征录汇》、《青宫译语》、《呻吟语》、《宋俘记》七种，有关宋金和战史料，在《宋史》、《金史》之外。

粗翻阅一遍，有印象为二：

一、宣和七年，许亢宗出使金国，沿途所见所闻所受对待，可见出地貌、人文、金国初始之年粗粝草莽风；

二、宋国主弃都被金兵押至北上，随行嫔妃侍从等等三千人，浩荡于败途，触目惊心。

十五

埃特纳山下的房子

［英］达芙妮·费尔

台北长升文化出版

作者于二次大战结束后，继承其舅父在西西里岛亲自设计建筑的房子，然后修整，管理，接待各方来客，生活在西西里五十年岁月。其间，她接触了西西里的各色人等，接待过无数奇异的客人，书中写的就是这个。西西里人在她笔下极富个性，这些超凡脱俗的个性会使各项事物陷入混乱，漏洞百出，然而，一股热烈活泼的气氛由此而出。

读它，想起王蒙的《在伊犁》，这两地的人性似有些接近，夸张、浮华、不切实际，却诗意盎然。

阿拉伯的黑帐篷

［德］卡尔·莱因哈德·拉斯万

台北马可孛罗文化出版

作者是德国种马专家，著有关于阿拉伯诸本书。

本书所记20年代（20世纪），作者在阿拉伯沙漠旅行的遭遇，描述了酋长的风范，部落间的仇杀与相助，为饥饿旱灾所迫的大规模迁徙，婚与丧仪式。灾荒与丰盛草原的描写尤为动人。也写了法国、英国殖民者如何将政治输入原始氏族社会。

精灵之城——德里一年

［英］威廉·达尔林普

台北马可孛罗文化出版

本书中，印度的考古层似乎是平摊于地面上，每一个前朝前代都留有遗迹，每一代新朝都来不及扒拉开废墟便开始立朝立代，于是，遍地残垣断壁，几千年的文明堆积眼前，荒凉又迷人极了。作者便是找寻遗存的片砖片瓦，讲述历史，力求真相。

这种遗存的状况大约来自于印度宗教哲学的不事生产的思想，中国的儒教现世而积极，生产太力，一层文明覆盖一层，压入地底深处。印度的文明多是产生于种姓制度之下的奴隶劳动，处于绝对的支配之下，无关乎分配，所有体现帝王意志的巨作大约都是由如此驯顺的劳动力创造的，比如长城，比如金字塔。从书中看，印度历代的建筑、诗歌、装饰，都以体积的大、量的多而惊心动魄，灿烂辉煌。

书中对印度历史以追溯的方式，先是现代的大分裂，旁遮普人被回教徒驱去德里，回教徒立巴基斯坦；英国统治，独立时代；蒙兀儿时代——繁荣昌盛的王朝，回教徒文明；图古鲁克苏丹王时期；《摩诃婆罗多》诗中的史前历史……

（法国人类学家列维—斯特劳斯所著《忧郁的热带》中写到印度的情形时，认为种姓制度实是为了解决有限资源为众多人口分配的矛盾。他写道："印度在三千多年以前尝试用卡斯特制度（种姓制度）来解决其人口问题，把量转化成质，也就是把人群分门别类以使他们可以并存。"以此推论，一切制度都是为适应生存条件产生。）

十六

恐怖角

［美］约翰·麦唐诺

台北远流文化出版

即后来拍成同名电影的《恐怖角》。

好的是山姆·包登一家受到威胁后，百般无奈，求助法律不得，求助警察不得，求助私人侦探，侦探又被调离，只得自己去与打手联络和交易，于是走入城市底层，接触与他律师阶层全然不同的生活和原则，倘批判现实主义作家会一径写下去，可他到底是畅销的路数，山姆最终还得做孤胆英雄，克敌制胜。

看不见的恶魔

［英］露丝·蓝黛尔

台北新雨出版社

犯罪小说的路数，但结构单纯、精致。安瑟有了地下室的橡胶女人供模拟谋杀，便中止了夜袭路人，一旦没了橡胶女人，又只得犯罪，实在顺理成章。在情节发展的同时，则渐渐呈现其人形象，整洁，规矩，有礼，严格律己，最终才发现，他其实已是上了岁数的老人，在此孤独中生活了这么多年！

2003.5.26　上海

类型的美

倘若要把阿Q归行的话，大约是归丑行，鼻梁上涂块白的角色。《阿Q正传》就是丑角戏。戏曲里的丑角戏，总是很奇妙地给人感受，它将卑琐，鄙陋，难看，赋予了观赏性。昆曲《活捉张三郎》，讲的是宋江杀了阎婆惜，阎婆惜心有不甘，变作鬼来捉姘夫张三郎。张三郎自然是丑，婆惜则是旦行中的贴旦，可说是丑上加丑。这两人的品格均是低下的，行事也几称得上下流。婆惜一以色诱惑三郎，二以鬼恐吓三郎。三郎呢？又是怕又是心动，欲罢不能，终是在惊恐万分中被婆惜牵了去阴间。其间，无一点可称得上高尚的品行与思想。可是，二人的作为一旦转化成戏中的表演，却立刻变成了美。这美是“审美”中的“美”，并不简单指视觉直接感受的舒服和愉悦，那种表面的好看多半是属于现实生活的。而这是要间接一些，更接近于表面底下的，舒服和愉悦内在的规则，有些类似于黄金分割定律的含义。它大约是和对称，平衡，协调有关，比较抽象。“审美”的“美”，就是这样的抽象的美的含义。戏台上的婆惜与三郎，将那些丑陋的品质化为一招一式的程式，这些程式是多年来从各种性格，行为，气氛中归纳，概括，提炼出来，即具有描写的功能，同时又是舞蹈的性质。丑行与生，净，青衣这些较为“正”的行不同，它行动委琐，丑陋，与美的一般定律相反。它的审美化的任务就更艰巨，更需要充分运用和体现审美的定律，因此也更接近审美的本质，也就是纯美。能够提炼出这一行的程式，真是一项灿烂的成果。据传，唐明皇是扮丑的。想他，三千后妃，又有极艳的杨玉环，莺歌燕舞，良辰美景，早已烂熟于心，审美的功课自要比常人更进一级，于是，或许，才能了然“丑”里的美。

关于丑的美，法国雨果有另一番创造，那就是《巴黎圣母院》的卡西莫多。在此，雨果试图对古典审美法则略略叛逆一下：“对于那条希望‘力’也能像‘美’一样能导致和谐的永恒法则来说，他可算是一个特殊例外了。”就是说卡西莫多的外形虽然不和谐，但他确也是充满了“力”，那么卡西莫多是什么样的呢？“四角形的鼻子”，“马蹄形的嘴巴”，“那猪鬃似的红眉毛底下小小的左眼，那完全被一只大瘤遮住了的右眼，那像城垛一样参差不齐的牙齿，那露出一颗如象牙一般长的大牙的粗糙的嘴唇，那分叉的下巴”，“一个大脑袋上长满了红头发，两个肩膀当中隆起一个驼背，……两股和两腿长得别扭极了，好像只有两个膝盖还能够并拢……他还有肥大的双脚和可怕的双手……”这些形状上的条件和“力”并没有产生必要的关系，他的“力”是另外添加的：“但是他虽然生得奇形怪状，却具有某种毅力，机智和勇气，他有一种令人望而生畏的神态。”真正使这个丑人上升为美的，是认识上的真，和人性上的善。这压缩在畸形的躯壳和不开化的头脑里的真和善，带他走进了美的又一扇门：崇高。在此，外形和内容是分离以至冲突的，是以互相刺激产生效果，强调的是它的尖锐性质。而中国戏曲里的丑行，外形与内容始终和谐一致。戏曲的程式有着这样的功能，它可在严格的限制内，利用对象本身的条件，规划出美的，即和谐的形态。

我以为，《阿Q正传》就是这样的一部戏剧。一个落后灰暗的人物，却担纲起审美的大梁。通常来说，人们总是用双重性格，人性的两面性，去扭转丑陋在审美中的不利位置，但这实际上也并没有解决根本的问题：丑陋本身与审美的关系。它们大多还是作为负面而存在。面对《阿Q正传》，我们必须将叙述者的态度：哀其不幸，怒其不争，作一面旗帜张出来，使阿Q屈抑于负面的位置，才觉得妥贴。但是，事实上呢？全篇都是阿Q的作为，阿Q是我们最为直接的审美对象，最终他也满足了我们的观赏需要。我们不得不正视阿Q的存在，因为，他真的很美。他有一种脸谱的图案性，这种图案性是将具体的人像以归纳、概括和装饰感为表现的。电影的《阿Q正传》，总是觉得不像，不是说演员演得不像，而是，电影这东西实在太具象，而阿Q是抽象的。他不是那么真实，虽然形成他的条件都是真实的：他所居住在一个未庄，栖身土谷祠，打短工为生，打短工不得则进城偷窃，被新官府斩首，还有他头上的癞疤，他的受穷受辱，卑微如他，却也有着欲望和自尊。所有这些写实的条件却呈现出一种简单扼要，甚至相对孤立的形态，它们彼此之间的细微、模糊、带有洇染性质的日常化细节，全都在概括中省略了，是依着图案的简练，鲜明，秩序井然的形式布置起来。

我想，鲁迅是个热爱思想的人，但他决非玄思者，他的思想从来没有离开过现实，只是，这思想锐利到，穿透了现实的表层。他看生活，看到的是日常细节之下的本质。即便是小说这种具象性质的艺术，在他，也是突出着思想的骨骼。所以，鲁迅的小说，总是给人“瘦”的感觉，很少血肉。但这决不是指“干”和“枯”，思想同样是具有美感的，当它达到一定的能量。所以，鲁迅喜爱木刻，那种严峻，强烈，有力，摆脱了琐碎细节的线条，变形的，却突兀着感情性格的事物形态，应是特别合乎鲁迅尖锐和严格的审美观念。现实的人和事，在鲁迅，必是要经过思想的锻炼，才可作表现的材料。此时，人和事，都已经脱离了自然的状态，它们被思想引入了另一个情景之中。

这样，不消说的，阿Q就并不是一个具体和真实的人了，他的所作，所为，不是循着常情，而是依着事情的本质，才成其为可能。但鲁迅就有本事营造一个本质的舞台，让阿Q按了本质的逻辑活动起来，这真正是思想的艺术了。阿Q自吹和赵太爷是本家，按常理，赵太爷大概不至天真到与阿Q去对质，可现在对质了，于是，阿Q挨了嘴巴。这一幕，就有些滑稽。《阿Q正传》里的人和事都很天真，阿Q的精神胜利法，是最最天真的：一是以“我们先前——比你阔得多啦！”骗自己，次是以“我的儿子会阔得多啦！”骗自己；进过城后，一面以鄙薄城里人将长凳叫条凳鼓舞自己，另一面则以未庄人没见过城里的煎鱼鼓舞自己；人们讥笑他的癞疮疤，他先还奋勇地骂和打，骂打不过，就怒目而视，见怒目都吓不怕了，便是“你还不配……”可是，连这些微的安慰人们也不给，还撩他，“于是终而至于打”，还是打败，再安慰：“我总算被儿子打了”，人们却又得了招，要他承认是“人打畜生！”这一回，几乎没有退路了，阿Q却还有，“他觉得他是第一个能够自轻自贱的人，除了‘自轻自贱’不算外，余下的就是‘第一个’。”于是，还是阿Q胜利。可不是异乎寻常的天真！有一股谐谑的风趣。如此直接，简明，合乎逻辑的推论，恬不知耻地嵌着一些个倒错的结论和前提，抵达了谬误的彼岸。真有些天衣无缝，顺理成章。预颟地机灵着的阿Q，就这样步入了他的奇妙的命运。

这命运的故事里，每一个环节，都像是一个玩笑和游戏，带着一股懵懂的烂漫的意味。追究起来，事情似乎是从那晦气的一日开头的。先是遭他看低的王胡的打，后又遭他平生所恶的假洋鬼子的打，小尼姑就正撞上了他的枪口，于是就摸了小尼姑的头皮一把。这一摸却引发了阿Q的欲念，当然，阿Q的欲念是有圣经贤传作伐，比如“无后”的罪过，比如，阴间里挨饿的恐惧，于是，就要和吴妈“困觉”，这下声誉全毁，只得出走，想不到在城里发了迹，再回未庄时身份大不同了。可得意过之，又得罪了赵太爷，因赵太爷想买一件皮背心，阿Q没有，连其他的，都没给他留，于是，就放出阿Q可疑的风声，人们又与他疏远了。愤懑不平的阿Q终于“投奔革命党了”，决心“革这伙妈妈的命”，可革命的事情却不顶遂心，先是晚了一步，静修庵的命叫赵秀才和假洋鬼子革去了，再是投奔这两位同志，却遭了拒绝，被喝令“滚出去！”然后，就因偷窃的前科，被新党捉去，指控盗了白举人藏于赵家的财物。阿Q再没想到，他一心革命，结果却死于革命党的刀下。阿Q的故事好像是一个童话，那么不真实，可有哪一步不对呢？步步都对，亦步亦趋，因果相衔，首尾相应。还是那句话，不是事情的常情，是本质的定律，将这定律抽绎出来，就变成单纯的情节，单纯到类似儿童的趣味。赵太爷会为一件皮背心动气，阿Q会下跪向吴妈求爱，革命党斩了个鸡鸣狗盗之辈。这单纯的情节线索，正是事情深刻处的残酷实质，是不觉醒的阿Q将这实质顽童化了。

一切愚昧，麻木，落后，罪恶，都是在一种不觉悟的蒙昧状态下演绎，这种蒙昧便被利用来规划形式，规划出一种童真式的变形的形状。它不是个别性，独特性的，而是类型化的。类型的美是抽象的美，它不以与现实相似的生动活泼取胜，却是以高度概括的精炼鲜明为优点，它更具有形式的美感和思想的含量。我想，这才是鲁迅小说写得不多的真正原因，类型，需要消耗更大量的现实的资料。而只有类型，才可承载鲁迅思想的重量。

2000年5月4日　上海

短篇小说的物理

好的短篇小说就是精灵，它们极具弹性，就像物理范畴中的软物质。它们的活力并不决定于量的多少，而在于内部的结构。作为叙事艺术，跑不了是要结构一个故事，在短篇小说这样的逼仄空间里，就更是无处可逃避讲故事的职责。倘若是中篇或者长篇，许是有周旋的余地，能够在宽敞的地界内自圆其说，小说不就是自圆其说吗？将一个产生于假想之中的前提繁衍到结局。在这繁衍的过程中，中长篇有时机派生添加新条件，不断补充或者修正途径，也允许稍作旁骛，甚至停留。短篇却不成了，一旦开头就必要规划妥当，不能在途中作无谓的消磨。这并非暗示其中有什么捷径可走，又有什么可被省略，倘若如此，必定可减损它的活力，这就背离我们创作的初衷了。所以，并不是简化的方式，而是什么呢？还是借用物理的概念，爱因斯坦一派有一个观点，就是认为理论的最高原则是以“优雅”与否为判别。“优雅”在于理论又如何解释呢？爱因斯坦的意见是：“尽可能地简单，但却不能再行简化。”我以为这解释同样可用于虚构的方式。也因此，好的短篇小说就有了一个定义，就是优雅。

在围着火炉讲故事的时代，我想短篇小说应该是一个晚上讲完，让听故事的人心满意足地回去睡觉。那时候，还没有电力照明，火盆里的烧柴得节省着用，白昼的劳作也让人经不起熬夜，所以那故事不能太过冗长。即便是《天方夜谭》里的谢赫拉查达，为保住性命必须不中断讲述，可实际上，她是深谙如何将一个故事和下一个故事连接起来，每晚上，她依然是只讲一个故事，也就是一个短篇小说。这么看来，短篇小说对于讲故事是有相当的余裕，完全有机会制造悬念，让人物入套，再解开扣，让套中物脱身。还可能，或者说必须持有讲述的风趣，否则怎么笼络得住听众？那时代里，创作者和受众的关系简单直接，没有掩体可作迂回。

许多短篇小说来自这个古典的传统，是负责人的讲述者，比如法国莫泊桑，他的著名的《首饰》，将漫长平淡的生活常态中，渺小人物所得出的真谛，浓缩成这么一个有趣的事件，似乎完全是一个不幸的偶然。短篇小说往往是在偶然上作文章，但这偶然却集合着所有必然的理由。理由是充分的，但也不能太过拥簇，那就会显得迟滞笨重，缺乏回味。所以还是要回到偶然性上，必是一个极好的偶然，可舒张自如，游刃有余地容纳必然形成的逻辑。再比如法国都德的《最后一课》，这些短篇多少年来都是作范例的，自有它们的道理。法国被占领，学校取消法语课程之际，一个逃学孩子的一天。倘是要写杂货店老板的这一天，怕就没那么切中要害。法国作家似乎都挺擅长短篇小说，和精致的洛可可风气有关系吗？独具慧眼，从细部观望全局。也是天性所致，生来喜欢微妙的东西，福楼拜的长篇，都是以纤巧的细部镶嵌，天衣无缝，每一局部独立看也自成天地。普鲁斯特《追忆似水年华》，是将一个小世界切割钻石般地切成无数棱面，棱面和棱面折射辉映，最终将光一揽收尽，达到饱和。短篇小说就有些像钻石，切割面越多，收进光越多，一是要看材料的纯度，二是看匠人的手艺如何。

短篇小说也并不全是如此晶莹剔透，还有些是要朴拙许多的，比如契诃夫的短篇。俄国人的气质严肃沉重，胸襟阔大，和这民族的生存环境，地理气候有关，森林、河流、田野、冬季的荒漠和春天的百花盛开，都是大块大块，重量级的。契诃夫的短篇小说即便篇幅极短小，也毫不轻薄，不能以灵巧精致而论，他的《小官吏之死》、《变色龙》、《套中人》，都是短小精悍之作，但其中的却饱含现实人生。是从大千世界中攫取一事一人，出自特别犀利不留情的目光，入木三分，由于聚焦过度，就有些变形，变得荒谬，底下却是更严峻的真实。还有柯罗连科，不像契诃夫写得多而且著名，可却也有一些短篇小说令人难忘，比如《怪女子》，在流放途中，押送兵讲述他的经历——俄罗斯的许多小说是以某人讲故事为结构，古时候讲故事的那盆火一直延续着，延续在屠格涅夫《白静草原》的篝火，普希金的《黑桃皇后》则是客厅里的壁炉，那地方有着著名的白夜，时间便也延长了，就靠讲故事来打发——在《怪女子》，是驿站里的火炉，年轻人讲述他曾经押送过一名女革命党。一个短暂的邂逅，恰适合短篇小说，邂逅里有一种没有实现的可能性，可超出事情本身，不停地伸展外延，直向茫茫天地。还有蒲宁，

《轻盈的呼吸》。在俄罗斯小说家，这轻盈又不是那轻盈。一个少女，还未来得及留下连贯的人生，仅是些片鳞断爪，最后随风而去，存入老处女盲目而虔敬的心中，彼此慰藉。一个短篇小说以这样涣散的情节结构起来，是必有潜在的凝聚力。俄国人就是鼎力足，东西小，却压秤，如同陨石一般，速度加重力，直指人心。

要谈短篇小说，是绕不开欧·亨利的，他的故事，都是圆满的，似乎太过圆满，也就是太过负责任，不会让人的期望有落空，满足是满足，终究缺乏回味。这就是美国人，新大陆的移民，根基有些浅，从家乡带了上路的东西里面，就有讲故事这一钵子“老娘土”，轻便灵巧，又可因地制宜。还有些集市上杂耍人的心气，要将手艺活练好了，暗藏机巧，不露破绽。好比俗话所说：戏法人人会变，各有变法不同。欧·亨利的戏法是甜美的伤感的变法，例如《麦琪的礼物》，例如《最后的常春藤叶子》，围坐火盆边上的听客都会掉几滴眼泪，发几声叹息，难得有他这颗善心和聪明。多少年过去，到了卡佛，外乡人的村气脱净，已得教化，这短篇小说就要深奥多了，也暧昧多了，有些极简主义，又有些像谜，谜面的条件很有限，就是刁钻的谜语，需要有智慧并且受教育的受众。是供阅读的故事，也是供诠释的故事，是故事的书面化，于是就也更接近“短篇小说”的概念。赛林格的短篇小说也是书面化的，但他似乎比卡佛更负责任一些，这责任在于，即便是如此不可确定的形势，他也努力将讲述进行到底。把理解的困难更多地留给自己，而不是读者。许多难以形容的微妙之处，他总是最大限度传达出来，比如

《为埃斯米而作》，那即将上前线的青年与小姑娘的茶聊，倘是在卡佛，或许就留下一个玄机，然后转身而去，赛林格却必是一一道来。说的有些多了，可多说和少说就是不同，微妙的情形从字面底下浮凸出来，这才是真正的微妙。就算是多说，依然是在短篇小说的范围里，再怎么样海聊也只是一次偶尔的茶聊。还是那句话，短篇小说多是写的偶然性，倘是中长篇，偶尔的邂逅就还要发展下去，而短篇小说，邂逅就只是邂逅。困惑在于，这样交臂而过的瞬间里，我们能做什么？赛林格就回答了这问题，只能做有限的事，但这有限的事里却蕴藏了无限的意味。也许是太耗心血了，所以他写得不多，简直不像职业作家，而是个玩票的。而他千真万确就是个职业作家，惟有职业性写作，才可将活计做得如此美妙。

意大利的路伊吉·皮兰德娄，一生则写过二百多个短篇小说。那民族有着大量的童话传说，像卡尔维诺，专门收集整理童话两大册，可以见出童话与他们的亲密关系，也可见出那民族对故事的喜爱，看什么都是故事。好像中国神话中的仙道，点石成金，不论什么，一经传说，就成有头有尾的故事。比如，皮兰德娄的《标本鸟》，说的是遗传病家族中的一位先生，决心与命运抗争，医药、营养、节欲、锻炼，终于活过了生存极限，要照民间传说，就可以放心说出，“从此他过着幸福的生活”，可是在这里事情却还没有完，遗传病的族人再做什么？再也想不到，他还有最后一搏，就是开枪自杀，最后掌握了命运！这就不是童话传说，而是短篇小说。现代知识分子的写作渐渐脱离故事的原始性，开始进入现实生活的严肃性，不再简单地相信奇迹，事情就继续在常态下进行。而于常态，短篇小说并不是最佳选择，卡佛的短篇小说是写常态，可多少晦涩了。卡尔维诺的短篇很像现代寓言，英国弗吉尼亚·伍尔芙的短篇更接近于散文，爱尔兰的詹姆斯·乔伊斯的《都柏林人》则是一个例外，他在冗长的日常生活上开一扇小窗，供我们窥视，有些俄国人的气质。依我看，短篇小说还是要仰仗奇情，大约也因为此，如今短篇小说的产出日益减少。

日本的短篇小说在印象里中相当平淡，这大约与日本的语言有关，敬语体系充满庄严的仪式感，使得叙述过程曲折漫长。现代主义却给了机缘，许多新生的概念催化着形式，黑井千次先生可算得领潮流之先。曾看过一位新生代日本女作家山田咏美小说，名叫《YO—YO》，写一对男女相遇，互相买春，头一日她买他，下一日他买她，每一日付账少一张钱，等到最后，一张钱也不剩，买春便告罄结束。还有一位神吉拓郎先生，名叫《鲑鱼》的小说，小说以妻子给闺密写信，因出走的丈夫突然归来停笔，再提笔已是三个月后，“他完全像鲑鱼那样，拼命地溯流而归……”。浅田次郎的短篇《铁道员》因由影星高仓健主演而得名，他的短篇小说多是灵异故事，他自述道是“发生在你身上……温柔的奇迹”，这也符合我的观念，短篇小说要有奇情，而“温柔的奇迹”真是一个好说法，将过于夯实的生活启开了缝隙。相比较之下，中国的语言其实是适合短篇小说的，简捷而多义，扼要而模糊，中国人传统中又有一种精致轻盈的品位，比如说著名的《聊斋志异》，都是好短篇，比如《王六郎》，一仙一俗，聚散离合，相识相知，是古代版的《断背山》，却不是那么悲情，而是欣悦！简直令人觉着诡异，短篇小说是什么材料生成的，竟可以伸缩自如，缓急相宜，已经不是现代物理的概念能够解释，而要走向东方神秘主义了！

2011年2月26日　上海

（“短经典”系列，

人民文学出版社推出）

麻将与跳舞

论坛给我的演讲题目是“MODERN FICTION IN CHINA”，我理解为“中国的现代性虚构”，在这大题目之下，我又拟了一个小标题，叫做“麻将与跳舞”。

美国著名的华裔女作家谭爱美（AMY TAN），她的成名小说《喜福会》（THE JOY LUCK CLUB），后来改编成电影，故事就是在一张麻将桌上引发出去的。四位中国女性，从20世纪上半叶动荡的时局逃亡到美国旧金山，携带着各自的中国记忆，终于尘埃落定，聚首于喜福会，享用下午茶，打着麻将，谈论往事。在谭爱美之前至少三十年，还有一场著名的麻将，就是张爱玲的《色·戒》（LUST CAUTION），二次大战沦陷的上海，汪伪政府官员府上所设的牌局，其中有一名年轻的牌友是潜伏的刺客，企图从麻将桌上接近这名投靠日本人的政要，以实施抵抗运动计划。在这两桌麻将来看，麻将确是个隐匿有多种时机的空间。它是四人游戏，将单挑的对峙分配成多方角逐，它的胜负就不纯粹以力量强弱决定，而是在于全盘性结构调整，所以，麻将的紧张度是潜伏在外部的松弛底下，不是箭在弦上，一触即发，更是行云流水，顺其自然。它有一种闲定的从容的节奏，可嵌入许多牌局之外的事故的成因：故旧新识，恩怨情仇，欲念勃动，又暗藏杀机。反而言之，一切端底又在麻将的有闲表情之下消解了严肃性，变得颓废。在 1949 年工农政权的新中国，作为腐朽时代的物事，麻将被清除出民间的娱乐生活。

我的小说《长恨歌》（THE SONG OF EVERLASTING SORROW）里也出台过一桌麻将，是在 20 世纪 60 年代初期上海的弄堂房子里。四名牌友分别是一位企业家的太太；一位私人护士，曾经是政要的外室，旧日金主的遗泽是她生活的大半来源；一位大学毕业拒绝前往西北就职的闲散于社会的无业青年；第四位的来历要复杂一些，他是共产国际的俄国布尔什维克与中国革命烈士短暂婚姻的产物，因患结核病而免于工作，受供养于政府的抚恤。后来，《长恨歌》改编话剧，由上海话剧艺术中心上演，编剧赵耀民先生对这一场麻将情有独钟，他特别强化和突出这一幕的戏剧性。牌戏在胆战心惊中开场，博弈的乐趣渐渐抵消了负罪感，不免忘乎所以，唱起了老曲子《麻将歌》。顿时，都会上海的奢靡空气浮云般升腾起来，弥漫在麻将桌上。正陶醉之时，门被敲响了，进来一位邻人，原来家中小孩子发烧，请这位护士上门注射针剂。说话间，发现了麻将，四座皆惊，仿佛大祸临头。然而，事出意外，那位病家恳请护士自行前往打针，他则摩拳擦掌，顶缺上桌。每每演出到此，观众便爆发大笑，久久不能息止。由此可见，1949 年之后，麻将这一消遣，多少负起着反叛的意味，很自然的，它被虚构者用来作一个隐喻，隐喻主流意识形态之下，边缘的价值。而我今天着重描绘的，是在90年代的一桌麻将，此时，麻将已经完成革命的使命，进入日常市井生活。

上海作家榛子写于新世纪的小说《凤在上龙在下》里，一场四方大战也是由两男两女组成，他们曾经是这城市骄傲的市民——全民所有制，用今天的话说，就是国企的员工。其中一男一女为服装店的店员，服装店的店名颇有时代气息，叫做“向阳”。他们是师兄妹，照惯例，很可能成为一对，但世事难料，女店员是与牌桌上的另一位，机器厂的车床工结为秦晋之好。第四位沈小琴则是车床工的师妹，如通常情况，暗恋师兄，结果是被带来介绍给老婆的师兄做朋友。两个单身男女配成一对，本是天经地义，然而，又一回世事难料，男店员无意与沈小琴结缘，也不像对自己的师妹有所觊觎，似乎更是对剽悍的车床工有向往之心。在那个年代里，人们对同性恋情没有普遍的认识，男店员本人在懵懂中意识，自从看见车床工，他就再不可能爱上任何异性。这错乱的情欲将他们纠结起来，拾不起又放不下，麻将成了他们四人关系的最平衡，它即是情节的本身，同时担负象征的意义，故事就在这有效的形式里演绎。他们所服务的企业在改革大潮中快速式微，现代时装业以及销售模式一夜间扫荡了城市，经济向市场开放，计划体制内的生产系统全面动摇，工厂关停并转，他们这几个从社会的中坚阶层坠落于弱势群体。事实上，他们都成了失业者，各奔生路：开小杂货店，做交通协管员，到货场扛大包，驾驶抓斗车，劳务输出去日本……可是生活的磨难还在继续，小本经营的买卖不是收进假货就是收进假钞，凭体力谋衣食人的患上重症肌无力，办日本打工的蛇头卷款逃跑，而沈小琴真情落空，她爱一个落空一个，眼睁睁看着青春荒废。最终，经人介绍，嫁了个年迈的台商。平心而论，除去年龄这一点，应该说没什么可挑的，经济宽裕，身体健康，人品厚道，对年轻的妻子称得上宠爱，可说是整个下滑的遭际中惟有的一点好运气，可是，各中原委不能多想，想想就要落泪的。新年新禧中，四位牌友又打了一场麻将，是为沈小琴送嫁，也是惜别。牌桌上，沈小琴提议加注，人们瞠目结舌时，她兀自开局，局局放水，到手的好牌生生送出去，就只见那三人跟前的钞票节节高涨，这才明白沈小琴不是打牌，是给他们送钱。送的又不单是钱，而是感谢，感谢他们多年来帮她，陪她；还是负气，气他们帮忙帮不到地方，陪也不能陪一辈子，可是有些事情爱莫能助，所以就是怪自己不争气。这场麻将面带戚容，走的不是牌路，而是世道人心，在大时代的潮起潮退中，就好像一具小小的方舟。麻将的隐喻性在此面向了更广大和深厚的人生，游戏原本轻浮的内心，变得持重起来。

说过麻将，现在说说跳舞吧！20世纪30年代，有文学流派称为“新感觉派”，初起源于日本，注重感性的体验和表达，到了中国，尤其上海，演变为“洋场文学”，穆时英可算作代表人物之一，其笔下有一篇作品，题目就叫作《上海的狐步舞》。小说写的是30年代上海的夜晚，在这个暗潮涌动的夜晚里，城市边缘地带，帮派们内讧格斗；英国投资商信步丈量开发房产的地皮；比利时珠宝掮客搭识电影明星，策划做一笔交易；租界上酒店里开着麻将桌——注意，麻将又来了；黄包车夫拉着喝醉的美国水兵；启蒙派作家为拯救普罗大众，结果被当成悭吝的嫖客；印度巡捕在街上梭行；企业主的长子与年轻的继母陷入不伦之恋……一切动静声色都是在舞场上华尔兹的旋律伴奏下进行，踩着爵士乐的拍点，多么奢华而又糜烂啊！呈现着殖民地商埠城市的病态面貌，文明历史的秩序道德全被践踏和摧残。这篇小说里有一句非常微妙的话："开着一九三二年的新别克，却一个心儿想一九八零年的恋爱方式。"我们的前辈穆时英万万不会想到，1980 年，这个城市的爱情，将是以进步的方式退回到"狐步舞"里。在抵达 1980 年之前，我们还需经过许多年代。让我略作跨越，直接跳跃到中华人民共和国的 60 年代。

上海女作家陈丹燕写于 21 世纪初的长篇小说《慢船去中国》，很明显，题目来自美国的老爵士乐曲"I'D LOVE TO GET YOU ON A SLOW BOAT TO CHINA"，是穆时英时代的遗韵了。小说写的是一个发迹于鸦片交易的买办家族，1949 年留在大陆的后代的命运。其中有一个人物，老买办的长孙，名字叫哈尼，这是一个暧昧的名字，字形为中文，发音则兼顾于中文和英文。共和国建国之际哈尼还在幼年，然后长成少年和青年。他崇尚西方，在世界冷战格局中塑造成的西方想象，其实只是一些碎片：爵士乐的旋律，美国画报上的图画，本土化的西餐，坊间流言，如此而已。二十岁那年，哈尼与一些气味相投的朋友——要知道，60 年代的上海，有的是这样崇尚美国的青年，他们组织一只小型爵士乐队，在家中举办舞会，这样的家庭舞会被命名为“黑灯舞会”。从这名字就可看出它的地下性质，为法律所不容。所以，当舞会暴露，成员们无一例外受到惩罚，对哈尼的处理是，中辍学业，去往新疆农垦劳动，他的人生就此改道，与西方世界越行越远。许多年以后，经过无数艰难曲折，终于来到纽约，他坐在格林威治村的小酒馆，听到那支“慢船去中国”的曲子，歌曲所抒发的老黑奴的乡愁中，他辨识出的却是在中国的荒芜青春。这一个邂逅也是阴差阳错，离群索居的中国就这样与全球化接上轨。

沿着时间来到70年代，很奇异地，狐步舞和黑灯舞会在此有了一个变体，出现在上海女作家殷慧芬写于1990年的小说《欲望的舞蹈》。那是在工厂的车间，其时，上海这座城市已经从消费型成功转向生产型，车间里来了一支毛泽东思想宣传队，就是“文化大革命”中群众业余组织的歌舞队，以宣传为名义举行娱乐活动。车间里的演出中最引人遐想的节目是新疆风格的单人舞，“新疆”这地名又来了，但这一回不是实施惩罚，而是体现异域文化，在多民族的国家里，这文化自有合法性。舞者名叫惠子，在异族人的舞蹈中充分展示了她的身体和热情，还有性感。此时，“性感”的概念还未登陆社会主义中国，它是以受诱惑的心理进入人们的意识领域。在“性感”的概念来到之前，中国汉语中有一个词汇专用来指认相似的类型，就是“尤物”。这是一个十分不肯定的词汇，它既不是正面的，甚至也不是中性，但并非绝对的负面，在它的含义里，多少有着被玩弄的意思。在这里，跳新疆舞的惠子，便在人们心中成了一个“尤物”。

人们先是用眼光狎昵她，继而有了语言，再接着行动也来了。最不幸的还不是邪恶的侵犯，而是正派的好男人都在离她远去。看起来，跳舞这件事，总是和欲念联系在一起，还和违禁联系一起。在那样一个禁欲的年代，舞蹈中的身体已经隔离了接触，但依然以意淫的方式挑战了政治意识形态，挑战者也因此蹈入毁灭的命运。

时间终于接近80年代，“文化大革命”结束，思想解放运动兴起，正是前辈穆时英在五十年前向往的“未来”，“狐步舞”从幽暗的历史中溯流而上，我格外地要向大家讲述女作家唐颖写于上世纪末的小说《冬天我们跳舞》。小说中的时间在1978年底，上海这城市又暗香浮动，舞会悄然兴起，故事里舞会的主持者，晚辈们都称“裘伯伯”——这个名字也像是刻意为之，在上海话中，“裘”和“旧”谐音。“旧伯伯”时年五十二岁，屈指算来，年少于《上海的狐步舞》中，那个与继母私通的青年，又比《慢船去中国》那个因“黑灯舞会”发配新疆的少年年长，正是目睹过都会浮华夜晚，且世故地规避了新政权对旧社会的肃清整治，隐居到改革开放的年头，这一位前朝遗老可谓如鱼得水，活跃非凡。小说中的“我”，是一名青年，正在复习功课，准备参加恢复不久的高考，每到周末，便跟母亲去赴“旧伯伯”家的舞会。高考，在这里也是一个有意味的细节，似乎暗示舞会其实代表生活终于回到正常轨道。对于这位出生于共和国的青年，跳舞不止是单纯技术性问题，它包含有社交，礼仪，淑女，夜生活的诸项学习。小说写道：“周末下午我的家就像个卖旧衣服的铺子”，母亲，“旧伯伯”的同时代人，尚有箱底可翻，“我”呢？两条腿走路，一是用妈妈的旧衣服改，二是抓紧购买新上市的时装。衣服有了，身型与风度又成了问题，总算凑合完毕，开始接近参加舞会的模样，却迈不出门去，正是冬天，北风料峭，这一回就全仗着勇敢和决心。走过寒冷的大街，去到“旧伯伯”家也不怎么暖和的客堂间，音乐响起，舞会开场，更大的难堪来了，那就是没有人邀请跳舞。会跳舞的男宾成了稀缺动物，他们往往自带舞伴，又总是寻找时髦的会跳的女客。真就好比革命成功，大浪淘沙中，奋勇者多是出局。然而，更有意味的情节还在最后，当“旧伯伯”在舞场上翩翩飞翔的时候，他的妻子，一个从不跳舞的女人，陪一个从不跳舞的男宾聊天，聊天，终于聊到红杏出墙。故事这一发展，令所有人意外，它将跳舞的颠覆意义，又来了个颠覆。同时，也像是一个预告，预告跳舞这一事物的隐喻性，不足以覆盖历史前进的脚步。无论是跳舞，还是麻将，对于前一个时代的抵抗，已经穷尽象征的资源。

在更年轻的作者笔下，又有另一些更具挑战性的事物，继续向时代的局限进发。比如70年代出生的上海女作家棉棉，她有一篇著名的小说，名叫《啦啦啦》，其中呈现出新一类的物质：酒吧，摇滚乐队，“坏孩子”，滥交，大麻，甚至海洛因……至于前一代小说中的西方国家，圣诞节，咖啡馆，这些带有隐喻性的物质，在《啦啦啦》已成为写实的日常状态。现代中国的虚构就这样不断地更替指涉的符号，现实生活则不断地从旧符号中蝉蜕，寄身新符号，再蝉蜕。

报刊与电视里的征婚启事，常常有这样的文字：“麻舞不沾”，或者“麻舞者勿扰”。前者是表示品质的正直无不良嗜好，后者则声明有嗜好者谢绝，总之是出于道德的要求。“麻舞”两个字便是麻将和跳舞的简称，这两项活动，卸下曾经承担的思想重负，回到本来面目。

写于2012年7月25日

（2012年世界达沃斯夏季论坛讲演）

图书在版编目(CIP)数据

丰饶与贫瘠/王安忆著.—上海:上海人民出版社,2015
(脉望丛书)
ISBN 978-7-208-12952-8

Ⅰ.①丰… Ⅱ.①王… Ⅲ.①随笔-作品集-中国-当代 Ⅳ.①I267.1

中国版本图书馆CIP数据核字(2015)第085506号

责任编辑 薛 羽
封面装帧 陈 酌

·脉望丛书·
丰饶与贫瘠
王安忆 著
世 纪 出 版 集 团
上海人民出版社出版
(200001 上海福建中路193号 www.ewen.co)
世纪出版集团发行中心发行 常熟市新骅印刷有限公司印刷
开本 890×1240 1/32 印张 7.75 插页 2 字数 159,000
2015年6月第1版 2015年6月第1次印刷
ISBN 978-7-208-12952-8/I·1370
定价 36.00元